„GESAMMELTE WERKE"
Erinnerungen Gedichte Gedankenspiele

Norbert Burghardt

© 2019 by Norbert Burghardt
Herstellung und Verlag:
BoD – Books on Demand, Norderstedt
ISBN 9 783749 498956

Inhaltsverzeichnis

VORWORT

Wort und Schrift sind die wichtigsten uns zur Verfügung stehenden Mittel, um uns zu verständigen und mitzuteilen. Dabei sind die Möglichkeiten von Missverständnissen und Irritationen zahlreich und allgegenwärtig. Worte sind im besten Falle Annäherungen an die Realität, im schlechtesten Falle Lügen, Verschleierungen und Täuschungen. Eingedenk dieser grundsätzlichen Problematik möchte ich trotzdem versuchen, auf diesem Wege einige prägende Ereignisse und Erlebnisse meiner Kindheit und Jugend unter dem symbolträchtigen Titel „Westwind und Stacheldraht" darzustellen .

Darüber hinaus befasse ich mich unter der Rubrik „Gedankenspiele" mit einigen grundsätzlichen und aktuellen Fragen, die die Vergangenheit, Gegenwart und Zukunft der menschlichen Gesellschaft betreffen.

Westwind und Stacheldraht
Kindheits- und Jugenderinnerungen

FRÜHE KINDHEIT

Am 17. Februar 1945 stieß ich im Kreiskrankenhaus Waldbröl im Bergischen Land meine ersten Laute aus. War es Ausdruck von Freude, Schmerz, Angst, Lebenswille? Das bleibt ebenso unklar wie die Gemütslage der anwesenden Personen. Neben berechtigter Freude war sicherlich manch sorgenvoller Gedanke im Spiel. Schließlich war Krieg und die Amerikaner standen am Rhein. Wie meine Mutter mir erzählte, mussten wir die zweite Nacht schon im Luftschutzkeller verbringen. Auch nach der Einnahme des Bröltals wurde die Lage nicht unbedingt besser. Nach den Bedrohungen des Krieges folgte eine Zeit des Mangels an Nahrung, Kleidung und den Dingen des täglichen Bedarfs. Die schlimmste Phase bis 1948 ist zwar der kindlichen Amnesie verfallen, aber ich mutmaße, aus dieser Grunderfahrung des Mangels rührt z.b. die Gewohnheit, den Teller bis auf den letzten Krümel zu leeren. Es blieb auch keine andere Wahl, wollte man „groß und stark" werden, wie sich die Älteren auszudrücken pflegten. Glücklicherweise lebten wir auf dem Land und konnten so einen Teil der Grundversorgung selbst decken. Meine

Eltern hielten einen kleinen Nutzgarten und Kleinvieh wie Kaninchen und Hühner, die mein Vater selbst schlachtete. Dabei konnte es passieren, dass ein Huhn ohne Kopf noch quer durch den Garten flog. Zeitweise hatten wir sogar ein Schaf im Keller, das uns mit frischer Milch versorgte. Bei Hausschlachtungen im Ort erlebte ich, wie in Fleischbergen gewühlt, gemetzelt und gemengt wurde, in Wannen und Töpfen blutige Brühen brodelten und üble Gerüche verbreiteten. Aber ich lernte früh, dass hier etwas entstand, das gut schmeckte und in der Lage war, Leib und Seele für eine Weile beieinander zu halten. Eine gewisse Mangelernährung scheint jedoch vorgelegen zu haben, weil bei meiner Einschulung Hängeschultern festgestellt wurden und ich dauernd aufgefordert wurde, gerade zu gehen und die Brust heraus zu strecken.

Mein jüngerer Bruder Leo kam unverhofft in den Genuss, von der amerikanischen Unterstützung in Form von Care-Paketen zu profitieren. Er wurde mit knallroten Plastikstiefelchen beglückt, die er mit Stolz trug. Wir sagten : "Leo hat Stiefel vom Marshallplan!"

Ein unvergessliches Ereignis war für mich Anfang der Fünfziger ein Besuch im „Café Brandenburg" in Waldbröl , wo meine Mutter und ich je ein Stück Erdbeertorte mit Schlagsahne genossen. Ein mir bislang unbekanntes, exotisches Erlebnis!

Das änderte sich bei verbesserter Versorgungslage in der zweiten Hälfte der fünfziger Jahre, wo bei Familienfeiern regelrechte Kuchenorgien zelebriert wurden. Favoriten waren Buttercremetorte mit Marzipanröschen,

Schwarzwälder Kirschtorte und „Kalter Hund", eine Kalorienbombe aus Keksen und verflüssigter Schokolade. Wir Kinder veranstalteten Wettessen, wobei man sich an die 15 Stück Kuchen heranarbeiten musste, um sich Hoffnungen auf den 1. Platz machen zu können. Ob diese astronomischen Zahlen tatsächlichem Heißhunger, Schummelei oder späterer Legendenbildung geschuldet sind, ist heute nicht mehr zu ergründen. Die meisten „Kuchenschlachten" fanden in Solingen im mütterlichen Elternhaus statt und ... meistens gewann mein Vetter Rainer. In diesem Haus lebten zeitweise 6 Parteien mit ca. 20 Personen, alle mehr oder weniger eng verwandtschaftlich verbunden. Man musste damals eben zusammenrücken.

FRÜHESTE ERINNERUNG

Doch kehren wir zurück in die Zeit des Mangels und der allgemeinen Knappheit. Es muss kurz nach der Währungsreform gewesen sein. An einem schönen Sommertag ergab es sich, dass Onkel Adolf, ein Vetter meiner Mutter, mich und Joachim Duhme beauftragte, im Wirtshaus „Zur Fischerin" Zigarillos zu besorgen. Nach prompter Ablieferung der gewünschten Ware gab er uns einen Geldschein zur Belohnung. Wahrscheinlich war es die relativ wertlose Reichsmark. Wir standen also unter den drei großen Eichen und beratschlagten, was zu tun sei. Uns war zu Ohren gekommen, dass es in Waldbröl Bonbons - wir nannten sie „Klümmchen" -

geben sollte. Wir entschieden, dass das eine gute „Geldanlage" sei. Allerdings war der Weg weit und beschwerlich. Wir rissen den Schein säuberlich in der Mitte durch. Falls wir unterwegs getrennt würden oder nur einer das Ziel erreichte, so hätte doch jeder Geld bei sich. Wir steckten unsere Scheine in die abgewetzten Lederhosen und machten uns auf den Weg. Wir wussten, dass das „Brölbähnchen" nach Waldbröl fuhr. Wir stellten uns also zwischen die Schienen, drehten uns nach links und stapften los. Nebenan verlief die alte Brölstraße, aber die war uns zu unsicher. Wer weiß, wo die hinführte. So kletterten wir über jede Schwelle und stolperten durch den Schotter, was ein kräftezehrendes Unterfangen war. Wir erreichten unbehelligt Beuinghausen, als hinter uns eine krächzende Stimme ertönte: „Joooochiiiim!". Es war Mittagszeit und Joachims Oma hatte ihren Enkel am Mittagstisch vermisst. Da sie zu Fuß war, legten wir einen Zahn zu und erreichten den „Ruher Weg", als eine tiefere Stimme uns einholte: „Norrbäääärt!". Es war mein 11 Jahre älterer Bruder Franz-Adolf auf seinem Fahrrad. Das war's! So zerplatzte 2 Kilometer vor dem Ziel der Traum von „Klümmchen". Es ist meine früheste Erinnerung an ein zusammenhängendes Ereignis und meine erste Erfahrung mit der beginnenden Marktwirtschaft. Mag sein, dass dieses Erlebnis meine Einstellung zu Geld und zur Warenwelt geprägt hat.

ZIEGENHARDT

„Schauplatz" und Mittelpunkt meiner Kindheit und Jugend war Ziegenhardt, ein Kirch- und Schuldorf mit ca. 80 Einwohnern, fast ausschließlich Katholiken. Dieser Mikrokosmos, mit Ziegenhardt als „Fixstern", wurde umkreist von den „Trabanten" Rossenbach, Niederhausen, Bladersbach, Geilenkausen, Rottland und Berkenroth, wo überwiegend Protestanten lebten. Die Katholiken aus diesen Orten kamen nach Ziegenhardt zur Kirche und zur Schule, was seine Bedeutung hervorhob. Zudem hatte Ziegenhardt eine Kneipe, das beliebte Wirtshaus „Zur Fischerin". Hinter der Theke hing ein Stück Birkenholz mit dem Schriftzug : "Hier herrscht Ordnung, Zucht und Sitte, das beweist der Knüppel in der Mitte!". Direkt vor der Terrasse verlief bis 1953 das Gleis des Brölbähnchens, der ältesten Schmalspurbahn Deutschlands. Mit mehr als der Hälfte der Ziegenhardter waren wir verwandt oder verschwägert, und der Rest wurde auch mit Onkel und Tante angeredet. Mit Ausnahme von „Schmidts Jüppchen" und seinen zwei Geschwistern, allesamt kinder- und ehelos. Die nannten wir beim Vornamen. „Jüppchen" galt als äußerst „kniepig". Er bearbeitete sein Land mit einem Ochsen. Der entschied, wann es vorwärts ging und wann Pause gemacht wurde.
Der Ziegenbusch, der Rottländer Bach und der ganze Ort mit seinen Heuspeichern, Obstwiesen, Kletterbäumen und Viehweiden war unser Spielplatz. Die Weidezäune waren dabei ein prägendes Element der Landschaft. Sie

gliederten, ordneten, trennten, zerschnitten und strukturierten unsere heimatliche Umgebung und dadurch auch unsere Aktivitäten. Aber vom Stacheldraht ließen wir uns nicht aufhalten, außer ...wenn Bullen auf der Weide waren. Ansonsten huschten wir hindurch wie der Westwind, der meist vom Rhein her unser Tal durchwehte. Die Brölstraße nutzten wir als Malfläche und verzierten sie mittels creme- bis ockerfarbener Sandsteinbrocken, die wir in den Straßenböschungen fanden. Hier sammelten wir auch versteinerte Muscheln und anderes urzeitliches Meeresgetier. Durch den Ausbau der Brölstraße vergrößerte sich zwar unser „Malgrund", aber der „Schaffensprozess" wurde immer häufiger durch den zunehmenden Autoverkehr unterbrochen. Den Brölbach mieden wir. Er war bis weit in die Sechziger eine verseuchte, stinkende Kloake.

So blieb uns für „Wasserspiele" nur der Rottländer Bach und der Dorfweiher mit angeschlossenem „Milchkannen - Kühlbecken", wo es von Kaulquappen und Molchen wimmelte. Die Bröl war für uns nur bei Hochwasser interessant, wenn sie die sumpfigen Wiesen bis zur Straße überschwemmt hatte. Ich stellte mich dann mit Gummistiefeln auf die Brücke hinter der Schmiede und starrte auf das durchschießende Wasser, bis ich den Eindruck hatte, ich brauste mit einem Schiff durch die Fluten.

„BRÖLBÄHNCHEN"

1953 wurden die Gleise des Brölbähnchens abgerissen. Wir saßen zu dritt auf der Böschung in „Schmidts Kurve" und beobachteten die Abbrucharbeiten. Dem Lokführer waren wohl die Zigaretten ausgegangen und er schickte uns zur „Fischerin", um Neue zu holen. Als wir dies wunschgemäß erledigt hatten, kletterten wir wieder flugs die Böschung hoch. Er fragte: „Und wo ist das Wechselgeld?". „Davon haben wir Lakritz gekauft!". Während er in seinem Führerstand einen Veitstanz aufführte, genossen wir unsere unverhoffte Zwischenmahlzeit. Er konnte seine Lok nicht verlassen, aber es war offensichtlich und unüberhörbar, dass er unsere Auffassung von Trinkgeld und angemessener Bezahlung von Dienstleistungen nicht teilte. Hinter ihm wurden die Schienen entfernt und aufgeladen. So entschwand er langsam aus unserem Blickfeld.

EINSCHULUNG

Die katholische Volksschule in Ziegenhardt war eine Zwergschule, d.h. erstes bis achtes Schuljahr wurde in einem Klassenraum unterrichtet. Meine Einschulung war für mich ein freudiges Ereignis, an das ich noch eine lebhafte Erinnerung habe. Auf alle Fragen von Lehrer Küpper hatte ich prompt präzise Antworten parat. „Was macht man mit der rechten Hand?". „Butterbrote schmieren und Wasser scheppen!". Unser Haus war 1951 noch nicht an das Niederhausener Wasserleitungsnetz angeschlossen. Wir mussten Trink- und Brauchwasser aus einem 100 m entfernten Brunnen holen. „Wer kann etwas an die Tafel malen?". Das war etwas für mich. Ich füllte die Schultafel mit einem ausladenden „Gemälde". „Das ist der Steckelbachs Werner mit seinem Max (Pferd) und seinem Senta (Hund)!". Meine Mutter erzählte später, es sei ihr peinlich gewesen, weil ich so vorlaut war und die anderen „I-Dötzchen" nicht zu Wort kommen ließ. Meine Begeisterung für die Schule hat sich leider im Laufe der Zeit - wie wir später sehen werden - abgekühlt und ins Gegenteil verkehrt.

UNSER HAUS

1947 errichtete mein Vater in Ziegenhardt auf einem ererbten Grundstück ein Wohnhaus. Das Grundelement bestand aus einer NS-Arbeitsdienstbaracke, die nach dem Krieg im Lager „Segenborn" abgerissen worden war. Er setzte die Holzkonstruktion auf ein massives Kellergeschoss aus Bruchstein. Die Kellerdecke wurde getragen durch ausrangierte Schienen des Brölbähnchens. Das Haus hatte ein Asphaltpappendach mit geringer Neigung und erinnerte äußerlich an Baracken, die man von Konzentrationslagern her kennt. Diesen Eindruck milderte Wilder Wein, Clematis und Selbstklimmer, der das Haus im Laufe der Jahre an zwei Seiten bis zum Dach bedeckte. Der Innenraum war gegliedert in Küche/Esszimmer, Wohnzimmer, Schlafzimmer,

Kinderzimmer. Im Küchenspind befand sich eine Falltür, wo man über eine steile Holztreppe den Keller erreichte. Hier waren Vorrats-/Kartoffelkeller, Kohlenkeller und Waschküche untergebracht, wo auch in einer ovalen Zinkwanne „gebadet" wurde. Zur Toilette ging's über die kleine Terrasse. Der angebaute Holzschuppen mit Hühnerstall war für uns Kinder Rückzugsraum und Spielplatz bei schlechtem Wetter. Hier war auch meine „Schnitzwerkstatt", wo ich u. a. Krippenfiguren und Kasperlepuppen schnitzte.

Nachbarn witzelten manchmal, wir wohnten nicht in einem Haus, sondern in einer „Zigarrenkiste". Das konnte mich wenig beeindrucken. Für mich wurde es zum Inbegriff für Wohnen mit menschlichem Maß, was natürlich auch an meinen Eltern und meinen drei Geschwistern lag. Außerdem wurden wir allgemein um die sonnige Südlage und den liebevoll gepflegten Garten beneidet. 1961 folgte dann ein Anbau mit Badezimmer/WC, Wintergarten und einem steileren Dach mit Eternitplatten. Hierbei hat vor allem mein zweitältester Bruder Franz-Adolf seine beruflichen Fähigkeiten eingebracht. Für mich war diese „Zigarrenkiste" der in sich ruhende Mittelpunkt der mir bekannten Welt.

MEINE ELTERN

Viele Worte über meine Eltern zu verlieren, würde für mich bedeuten, subjektiv Superlative aneinander zu reihen. Im Verwandten- und Bekanntenkreis galten sie in

Anlehnung an eine beliebte Fernsehsendung als „Ideales Brautpaar". Mein Vater war allgemein bekannt als „Bürgermeister von Ziegenhardt". Dorfverschönerung („Unser Dorf soll schöner werden"), Friedhofsverein usw. waren ohne ihn nicht denkbar. Zudem pflegte er zusammen mit meiner Mutter den Blumen- und Nutzgarten. Am Herd war er Meister bei Bratkartoffeln mit Zwiebeln und Speck. Meine Mutter war der „Gute Geist" in Haus und Garten. Sie hatte es wahrlich nicht einfach, „fünf Männer" zu versorgen. Besonders die Wäsche war damals eine kraftraubende Angelegenheit. Insgesamt kann ich sagen, dass dank meiner Eltern unser Haus für das Dorf und für die Verwandtschaft ein sicherer Hort für Geselligkeit, Gastfreundschaft und Gemeinschaftssinn war.

KINDERSPIELE

In der Nachkriegszeit hatten die Erwachsenen besonders mit den Mühen des Alltags zu kämpfen. Kindergarten o.ä. gab es nicht. Also waren wir zum großen Teil uns selbst überlassen. Neben der „Konstruktion" von Baumhäusern und Hütten, in denen wir „Vater, Mutter, Kind" übten, stillten wir unseren Wissensdurst mit ausgiebigen Doktorspielen. Ich kann ohne weiteres behaupten, dass ich einer derjenigen war, die dafür sorgten, dass diese „Untersuchungen" mit der nötigen Sorgfalt und Regelmäßigkeit durchgeführt wurden. Das änderte sich nach der Einschulung, indem Kaplan und

Lehrer nicht müde wurden, auf die „Verwerflichkeit und Schädlichkeit" unseres Tuns hinzuweisen. Ein persönliches Erlebnis sorgte dann dafür, dass sich meine Einstellung diesbezüglich gründlich änderte. Ich sollte eines Tages wie gewohnt meinem Vater, der als Busfahrer bei der Rhein-Sieg-Eisenbahn arbeitete, ein Paket Butterbrote an die Haltestelle bringen. Leider stand wieder ein „Doktortermin" an und ich vergaß darüber Raum und Zeit. Mehrmaliges energisches Hupen erinnerte mich jäh an meinen Auftrag. Als ich endlich zur Stelle war, schien mein Vater verärgert und traurig, obwohl er nicht wusste, was ich getrieben hatte. Aber mir wurde schlagartig bewusst, dass unser freies, ungezwungenes Leben mit den Zwängen und Erfordernissen der Erwachsenenwelt nicht in Einklang zu bringen war. Eine unangenehme Erfahrung war auch eine Maßnahme von Lehrer Küpper, indem er jeden aufforderte, diejenigen zu nennen, die schmutzige Witze und Zoten verbreiteten. Ich war zwar auch gegen solche „Entgleisungen", aber andere anzuschwärzen, gefiel mir ganz und gar nicht. Ich verwandelte mich in der Folge unter dem Druck der vielfältigen Einflüsse von Eltern, Kirche und Schule über kurz oder lang in einen „Musterknaben". Diese Phase sollte etwa bis zum 13. Lebensjahr anhalten.

SCHULE

Die katholische Volksschule in Ziegenhardt war, wie schon erwähnt, eine sogenannte Zwergschule. Lehrer Küpper beschäftigte die Klassen 1 bis 4 mit Übungsarbeiten, während er die Klassen 5 bis 8 unterrichtete. Gute Schüler wurden in den jeweiligen Gruppen beauftragt, den schwächeren bei den schriftlichen Arbeiten zu helfen. Dies machte ich gerne und mit Eifer. Es tat mir oft leid, wie sich manche abmühten und trotzdem nichts zustande brachten. Trotzdem blieb mir oft Zeit, dem Unterricht der Oberstufe zu folgen. Eines Tages stellte Lehrer Küpper eine Frage, die auch die 8. Klasse partout nicht beantworten konnte. Ich sagte die Lösung leise vor mich hin und mein Sitznachbar Holger rief es laut in die Klasse. Lehrer Küpper lief freudig auf Holger zu, zog ihn aus der Bank und lobte ihn überschwänglich für „seinen Geistesblitz". Nach einigem „hin und her" kam dann doch ans Tageslicht, dass ich der Urheber war. Mir dämmerte damals, dass es auch eine „Leistung" sein kann, wenn man es versteht, von anderen zu profitieren.

Ein Extra-Lob bekam ich von Herrn Küpper für einen Hausaufsatz , in dem ich meine Erlebnisse bei der Kartoffelernte schilderte. Das Highlight war, dass Tante Mina sich quer übers Feld mit einem Korb näherte, und ich von weitem die Reibekuchen riechen konnte. Das veranlasste mich zu der Feststellung: „Mir lief das Wasser im Mund zusammen!" Lehrer Küpper war das eine besondere Belobigung wert. Eine weitere schülerische „Meisterleistung" ergab sich, als die 8. Klasse als Hausaufgabe die Bildbeschreibung einer Alpenlandschaft erhielt. Dieter Lang trug seinen Aufsatz anfangs flüssig vor, geriet aber immer mehr ins Stocken und hing schliesslich ganz fest. Da er seine Schrift nicht lesen könne, wollte Herr Küpper ihm helfen und schaute selbst ins Heft. Da stand nur die Überschrift.

Wir hatten auch mehrere Kinder von Flüchtlingen und Vertriebenen. Sie umwehte ein uns fremder Hauch von Wehmut und Melancholie, in Gedanken schienen sie oft sehr weit weg zu sein.

Die unangenehmsten Tage brachen immer dann an, wenn der Schulzahnarzt sich ankündigte, bzw. mit seinem mobilen Foltergerät auf den Schulhof rollte. Ich empfand es fast als Freiheitsberaubung, wenn er mir im Mund herumstocherte und auf marode Stellen stiess. Andererseits wurde ich bei einer Zahnbehandlung im benachbarten Berkenroth , bei der mir Backenzähne ohne nennenswerte Betäubung passend geschliffen wurden, vom Zahnarzt gelobt, ich sei sehr tapfer gewesen.

Insgesamt war es für mich ein Leichtes, den Unterrichtsstoff zu bewältigen. Besonders angetan war Herr Küpper von meinem Zeichentalent. Er drängte meine Eltern, mich nach dem 4. Schuljahr auf das Gymnasium nach Waldbröl zu schicken. Damals musste man noch Schulgeld bezahlen, was meinem Vater einiges Kopfzerbrechen bereitete. Es ergab sich aber, dass ich bei der Aufnahmeprüfung am besten abge-schnitten hatte, woraufhin die Studienrätin Frau Dr.

Vollmar die Kosten übernahm. Alles in allem: Die Welt der „Höheren Bildung" stand mir weit offen.

KIRCHE

Die zweite öffentliche Einrichtung, die erheblichen Einfluss auf meine Erziehung nahm, war die katholische Kirche in Gestalt von wechselnden Kaplänen und Dechant Emmerich Wolter. Besonders stark wurde der Druck, je näher der Tag der Erstkommunion rückte. Nach meiner ersten Beichte war die Erleichterung so groß, dass ich von der Kirche nach Hause rannte und meiner erstaunten Mutter um den Hals fiel. Leider hielt die „Befreiung" nicht lange an und man musste wieder und wieder in den Beichtstuhl. Am „Weißen Sonntag" zogen wir feierlich in Begleitung der Eltern von der Schule am Wegkreuz vorbei durch den Ort und den Kirchberg hoch. Alle zehn Meter säumten Fähnchen und Birkenreiser unseren Weg. Während der Messe wurde mir schlecht, weil ich wohl zu viel an meiner Kerze geschnuppert hatte, die wir während der ganzen Zeremonie vor uns hertragen mussten.
Nach der Erstkommunion wurden wir Jungs Messdiener. Meistens war ich mit Norbert Groß eingeteilt. Er war 1 Jahr älter, etwas größer und bei jeder Kniebeuge und jedem Kreuzzeichen einen Tick schneller als ich. Beim „Confiteor" erreichte er immer als erster das „rettende Amen". Trotzdem meinten einige alte Jungfern, wir wären das beste Messdienerpaar, das Ziegenhardt je

gehabt hätte. Allerdings bestand die Kirchengemeinde damals erst 20 Jahre.

Besondere Erwähnung „gebührt" Dechant Wolter. Wenn er in Ziegenhardt eine Messe las, konnte sich die Gemeinde auf einiges gefasst machen. Er benutzte bei seinen Predigten die seitlich angebrachte, erhöhte Kanzel, um seinen Worten noch mehr Stimmgewalt und damit vermeintlich mehr „Überzeugungskraft" zu verleihen. Als Messdiener hatte man bei ihm einen „harten Job". Der Begriff „Armer Sünder" war nach einer Messe unter seiner Regie keine leere Phrase mehr, sondern erlebte Wirklichkeit. Sonntäglicher Kirchgang mit Kommunion und regelmäßige Beichte waren für mich selbstverständlich. Vor den Hauptmahlzeiten wurde zu Hause gebetet. Nachmittags „bekamen wir es geschenkt". Viele meinten damals, ich hätte das Zeug zum Priester. In der Rückblende habe ich daraus später den zeitweiligen Berufswunsch „Papst" konstruiert. Dass daraus wohl nichts werden würde, liess sich schon daran erkennen, dass sich mein Platz in der Kirche vom Altar immer weiter nach hinten unter den Turm verlagerte, bis ich mich schliesslich mit einigen „Gesinnungsgenossen" erst zum Ende der Messe vor dem Kircheneingang einfand, um mich unters „Gläubige Volk" zu mischen.

Norbert Groß starb im Alter von ca. 13 Jahren an Darmverschlingung, was für mich die erste bewusste Begegnung mit dem Tod bedeutete. Es war für mich schwer zu begreifen, dass „er nicht mehr da war".

SOLINGEN

Gegenpol und zweites Zentrum meiner Kindheit neben Ziegenhardt war Solingen-Weyer, wo ein Großteil unserer Verwandtschaft wohnte. Mindestens einmal im Jahr fuhren wir dorthin, es war quasi unser Urlaub. Mit dem Bus nach Hennef, mit der Bahn nach Köln Hbf. und weiter nach Ohligs. Dann mit dem O-Bus nach Weyer. Vor allem der Kölner Hauptbahnhof mit seinen stampfenden und zischenden Dampfrössern war für uns ein Erlebnis. Die letzten 300 m in Weyer schleppten wir unsere Koffer und Taschen zur Alsenstraße hoch. Es war eine andere Welt: Allein schon die Bürgersteige aus Pottasche mit querlaufenden Abflussrohren waren für mich ein fremdartiges Bild, das sich mir einprägte. Unsere Verwandtschaft wohnte in einem dreistöckigen Haus aus der Gründerzeit und einem zur Wohnung ausgebauten Schleiferkotten. Meistens quartierte ich mich im „Kotten" bei meinem „Lieblingsvetter" Rainer ein. Er war 2 Jahre älter als ich und fungierte für mich als „Fremdenführer". Vor jedem Mittagessen „inspizierten" mein Bruder Leo und ich die Kochtöpfe auf den verschiedenen Etagen, um danach zu entscheiden, wen wir beim Mahl mit unserer Anwesenheit beglücken würden.

Besonders beeindruckt hat mich immer die Geräuschkulisse der Stadt. Von Ziegenhardt war ich gewöhnt an Geräusche wie Vogelgezwitscher, das Rauschen des Windes in den alten Eichen, das Tuckern eines Treckers, das Kreischen einer Kreissäge beim Holz schneiden, das

Brummen eines Autos auf der Brölstraße. Alles einzelne Geräusche mit klar erkennbarem Ursprung. In Solingen jedoch war es ein geheimnisvoller, nimmermüde wabernder Klangbrei, der aus dem Talkessel den Hang hinauf über die Alsenstraße schwappte und sein Echo im Klirren und Stampfen der Pressen und Rommeln der Firma Schulte fand, die dem Wohnhaus gegenüberlag.

Im Laufe der sechziger Jahre verlagerte sich der Schwerpunkt in Solingen mehr und mehr von der Alsenstrasse zum jeweiligen Wohnort meiner Cousine Magdalene, die mit ihrer stetig wachsenden Familie 3 mal umzog und wir zogen sozusagen mit. Außer Solingen war ein Tagesausflug zum Drachenfels ein alljährliches Ferienritual. Für die Hin- und Rückfahrt hatten wir bei der „Rhein-Sieg" Freifahrt. Den Aufstieg mussten wir zu Fuß bewältigen. Zahnradbahn oder Esel konnten wir uns nicht leisten. Dafür entschädigte der tolle Ausblick auf den Rhein und auf die Insel Nonnenwerth. Solingen, Drachenfels und die schulfreie Zeit in Ziegenhardt waren unser „Urlaub". Ich kannte es nicht anders und ich habe nichts vermisst.

HENNEF

Hennef an der Sieg, wo zwei Brüder meines Vaters mit ihren Familien lebten, war ein weiterer wichtiger Anlaufpunkt für uns. Meine zwei älteren Brüder sind bis 1942 dort aufgewachsen. Wegen der Luftangriffe zog die Familie um nach Ziegenhardt, wo sie bis 1947 im Haus von Onkel Josef (Jupp) wohnte. Um die Hennefer zu besuchen, passten wir in der Regel einen Bus ab, den mein Vater selbst fuhr. Dann kam die Besonderheit, die heute unvorstellbar ist. Mein Vater schaltete in den vierten Gang hoch und dann trat Leo oder ich in Aktion. Wir griffen stehend ins Lenkrad und bedienten das Gaspedal bis die nächste Haltestelle anstand. Die Strecke bis Hennef hatte ca. 14 Haltestellen. Da Leo unbedingt zuerst „fahren" wollte, zählte er sieben Stationen ab und kam so bis Schönenberg. Das waren ca. neun Kilometer. Für den Rest von ca. zwanzig Kilometern durfte ich dann ran. Er tappte jedes Mal in die Falle. Er konnte es einfach nicht abwarten. Auf der Rückfahrt war dann ein anderer Fahrer auf dem Bus, sodass er sich nicht „revanchieren" konnte. Manchmal murmelte mein Vater beim Einsteigen: " Heute geht's nicht!".Dann war ein Fahrgast im Bus, dem er nicht traute, oder sogar ein Revisor. Die standen an Haltestellen , stiegen in den nächsten Bus ein, kontrollierten Fahrkarten und auch die Fahrer und Schaffner. Mir kamen sie immer unheimlich vor in ihren militärähnlichen Uniformmänteln. In den Sechzigern hatte mein Vater die Möglichkeit, zum Revisor befördert zu werden, was finanziell und von den Arbeitszeiten her eine große Verbesserung gewesen wäre. Aber er lehnte ab. Er sagte: „Ich bin schon Oberfahrer, ich will kein Oberarschloch werden!" Für uns war das in Ordnung. Wir waren zufrieden mit dem, was wir hatten.

FAMILIENFEIERN
und andere FESTIVITÄTEN

Mit fortschreitendem Wirtschaftswunder" nahm auch die Möglichkeit und die Bereitschaft zu, den angenehmen Seiten des Lebens zu frönen. Das Oberbergische liegt bekanntlich zwischen dem Sauerland und dem Rheinland. So waren etwa 50% der Ziegenhardter der einen und 50% der anderen Seite zuzurechnen. Unsere Familie repräsentierte eindeutig das lebensfrohe und weltoffene Rheinland. So wurde aus einem „Betten lüften" das legendäre „Matratzenfest", wo diese vom halben Hof für einen ausgiebigen Umtrunk zweckentfremdet wurden. Berüchtigt war auch der alljährliche „Stefansritt". Lehrer Küpper feierte am 2. Weihnachtsfeiertag Namenstag, den er üblicherweise mit meinem Vater und Malermeister Onkel Adolf zelebrierte. Dabei wurde schon mal der eine oder andere mit der Schubkarre im Morgengrauen nach Hause gefahren. Onkel Adolf, ein Vetter meiner Mutter, konnte so herzhaft lachen - am meisten über seine eigenen Witze - dass man Angst haben musste, seine Stirnader platzt oder dass er an akutem Sauerstoffmangel erstickt.

Onkel Franz überraschte uns unverhofft an einem Karnevalstag Anfang der 50er mit einer Sonderration „Klümmchen", die er von der Terrasse der „Fischerin" über Gleis und Strasse verteilte. Er hatte sich im Lokal zum Karnevalsprinzen von Ziegenhardt wählen lassen. Die Proklamation fand dann auf der Terrasse statt und wir bildeten bereitwillig das begeisterte Narrenvolk.

Martinssingen mit Rübenfackeln und Maibaumwachen bildeten weitere Höhepunkte des Jahresablaufs. Hierbei pflegten wir vor allem die einen Kilometer entfernten Niederhausener zu ärgern, indem wir ihnen die Bäume klauten oder per Megaphon verkündeten: „Hier ist Ziegenhardt. Soeben ist der 7. Maibaum angekommen!" Dass mancher „Baum" kaum grösser als ein Erbsenreis war, tat unserem Stolz keinen Abbruch. Ausserdem mussten wir selbst manchen Baumverlust verkraften.

Wenn Reinhold und Franz-Adolf zu Hause waren, wurde die räumliche Enge natürlich noch größer und wir mussten weiter zusammenrücken. Wie wir das dann geregelt haben, kann ich nicht mehr sagen. Ich weiß nur, wenn es nachts im Kohlenkeller rumorte, dann war das nicht Dehlers Albert, der Brikett anlieferte, sondern Reinhold, der den Haustürschlüssel vergessen hatte und durchs Kellerfenster über die Kohlenrutsche einstieg. Auch bei unseren Familienfeiern zu Weihnachten usw. trat Reinhold in Aktion. Während wir uns an einem mehrstimmigen Weihnachtslied versuchten , setzte er regelmäßig zu einer Verdi-Arie an, was aber meistens in höheren Stimmlagen mit einem Krächzen und dem Kommentar: „Einen halben Ton zu hoch!" endete. Bei einer Hochzeitsfeier in Solingen wurde seine Sangeskunst mit den Worten abgekanzelt: „Der singt wie en jeel Hohn!". Das führte naturgemäß zu einigen „diplomatischen Verwicklungen". Der Kritiker Dieter hatte bei Reinhold jahrelang „schlechte Karten".

Wir feierten also die Feste, wie sie fielen und feierten auch schon mal Karneval im Sommer. Mein Vater pflegte zu sagen: „Gönnen wir uns mal was, wir gehen ja sowieso den Bach runter!"

MOBILITÄT und SPORT

In den ersten Jahren nach dem Krieg waren Pkw, Lastkraftwagen und Traktoren rare Ausnahmeerscheinungen. Manche wurden noch mit Holzvergasern betrieben. Auf der Bröltalstrecke verkehrte das Brölbähnchen mit Diesel- und Dampfzügen, sowie Linienbusse mit langer Kühlerschnauze und Anhänger. In den Fünfzigern mehrten sich vor allem Motorräder auf den Straßen. BMW, Horex, Zündapp, NSU-Max/ -Fox/ -Herrmännchen" waren der ganze Stolz ihrer Besitzer. Reinhold fuhr eine „Vespa" und Franz-Adolf schaffte sich etwas später ein „Goggomobil" an. Onkel Adolf benutzte für sein Anstreichergeschäft einen Lloyd, wir nannten ihn „Leukoplastbomber". Den zunehmenden Verkehr nutzten wir, um „Automarken zu sammeln". Wir saßen stundenlang an der Brölstrasse und identifizierten die vorüberfahrenden Autos, um sie gegebenenfalls in unseren z.T. mit exotischen Marken gespickten Sammelheften abzuhaken. Gutbrod und Goliath waren gern gesehen, Vauxhall und Buick waren absolute Highlights. Da keiner von uns das Heft je voll bekam, suchten wir uns daraufhin ein anderes Hobby - z.B. weggeworfenes Apfelsinenpapier am Strassenrand sammeln.

25

Wir Kinder fuhren Fahrrad, allesamt rostige Herrenräder aus der Vorkriegszeit. Wir steckten das rechte Bein unter der Stange durch und ab ging's. Das bekam Strümpfen und langen Hosen weniger gut. Sie mussten andauernd aus der Fahrradkette herausoperiert werden. Rollschuh laufen wie in Solingen war auf unseren Schotter-Lehmpisten leider nicht möglich. Dafür liefen wir im Winter auf Tümpeln und vereisten Wiesen Schlittschuh. Dabei wurden die Schuhsohlen so lange malträtiert, bis sie abrissen. Rita, eine Cousine 2. Grades gab uns Eislaufunterricht. Wir hatten immer Sorge, dass bei ihren Vorführungen das Eis einbricht. Wir nannten sie liebevoll „Eisprinzessin". Ski fahren mit vorsintflutlichen Bindungen war ähnlich materialintensiv. Am besten ausgerüstet waren wir fürs Schlitten fahren. Wir banden bis zu fünf Schlitten aneinander oder fuhren „Bauchfletscher". Da war unser größter Feind der Schneepflug und der Streuwagen. Kaum hatten wir die Bahn eingefahren, kamen diese Ungeheuer...oder es gab Tauwetter.

Im Sommer waren „Verstecken" und Fußball die Favoriten. In Ermangelung eines Bolzplatzes fanden die Ballübungen oft hinter unserem Haus statt. Ich erinnere mich an manchen Seufzer meiner Mutter, wenn wieder ein Torschuss oder Steilpass aus der Bahn geraten war: „Schon wieder in die schönen Blumen!". Aber sie hatte Verständnis, dass wir unseren Bewegungsdrang ausleben mussten. Den Blumen hat es kaum geschadet. Es wirkte wie eine „natürliche Selektion" und die Pflanzen schienen üppiger nachzuwachsen. Schwimmen und

Baden kam nicht vor mangels entsprechender Einrichtungen. Tiefem Wasser traute ich nicht. Außerdem war ich beim Spielen in die Reste des ehemaligen Mühlenteichs gefallen. Ich konnte mich mit eigener Kraft aus diesem Sumpf nicht mehr befreien. Mein Vetter Alfons aus der nahegelegen Schmiede hat mich herausgezogen. Seitdem keimte in mir der Verdacht, dass mein Körper in Bezug auf Wasser nicht die normalen physikalischen Eigenschaften aufwies. Ich vermisste den Auftrieb, der angeblich in diesem Element wirken sollte. Meine Beziehung zu Wasser reduzierte sich darauf, Forellen mit der Hand zu fangen. Am Rottländer Bach kannte ich alle sozusagen mit Vornamen. Ich bestaunte sie und ließ sie wieder frei.

LEO

Leo war zweieinhalb Jahre jünger als ich. Wir wuchsen zusammen auf. Franz-Adolf und Reinhold waren in den Fünfzigern schon aus dem Haus. Viele meinten, an Leo wäre ein „Mädchen verloren gegangen" mit seinen langen, dunklen Haaren und weichen Gesichtszügen. Ich dachte manchmal, Leo ist zu gut und zu lieb für diese Welt. So hielt ich immer ein Auge auf ihn, damit ihm nichts zustieß.
In Solingen ist er mir aber einmal entwischt. Cousine Magdalene wollte putzen und hatte uns nach draußen „verbannt". Als wir wieder reindurften, fehlte Leo. Er war etwa vier Jahre alt und in der fremden Stadt spurlos

verschwunden. Wir haben stundenlang den ganzen Stadtteil abgesucht – ohne Ergebnis. Schließlich rief die Polizei an. Er war bei einem älteren Ehepaar ca. 2 km entfernt „gestrandet". Auf die Frage, wo er wohnt, hat er geantwortet: „Bei Tante Lisbeth!". Als er eingeschult wurde, konnte er noch kein „K" sprechen. Er ging also bei Lehrer „Tüpper" zur Schule und Religionsunterricht hatte er beim „Taplan".

Seine zweite Heimat war der Bauernhof von Steckelbachs Gottfried. Hier musste ich ihn regelmäßig abends nach Hause holen. So auch eines Tages als die Steckelbachs behaupteten: „Der ist nicht hier!". Ich ging also ohne Leo nach Hause, wurde aber von meinen Eltern zurückgeschickt. Dieses „Spiel" wiederholte sich einige Male. Mein Unmut steigerte sich allmählich zur Weißglut. Als ich wieder bei Steckelbachs im Wohnzimmer stand, bemerkte ich ein Geräusch unter dem Sofa ... ein leises Kichern. Er hatte sich verraten.

Da ging's ab nach Hause. Am Dorfweiher wurde aber erst einmal Rast gemacht und er bezog zum ersten und einzigen Mal Prügel von mir. Ansonsten konnte er sich immer auf meinen Schutz und Beistand verlassen. Er war mein kleiner Bruder.

SOZIALES UMFELD

Mein Vater war das dritte von acht Kindern der Eheleute August Burghardt sen. und Anna Burghardt geb. Schmitz aus Waldbröl. Ihnen gehörte in Ziegenhardt ein landwirtschaftlicher Hof und eine Hufschmiede. Sein ältester Sohn, auch Schmied, war im 2. Weltkrieg gefallen. Mein Vater hatte die Möglichkeit, die Schmiede zu übernehmen. Er zog es aber vor, bei der Rhein-Sieg-Eisenbahn als angestellter Busfahrer zu arbeiten, vor dem Krieg eher noch ein Pionierberuf, allerdings mit Zukunftsperspektive. Bis in die sechziger Jahre fuhr er mit dem Fahrrad bei jedem Wetter 5 km nach Waldbröl und nach der Schicht zurück. Meine Mutter stammte aus Solingen. Deren Mutter war eine geborene Ottersbach aus Geilenkausen. Sie heiratete in Solingen Ernst Krüth, der als Kleinunternehmer einen Schleiferkotten für Rasiermesser mit 4 Arbeitsplätzen betrieb. Er fiel im 1. Weltkrieg. Also musste sie ihre vier Kinder alleine durchbringen. So war in Ziegenhardt, wo der Großfamilie Burghardt einmal fast das ganze Dorf mit Bauernhof, Schmiede, Mühle, Wirtshaus und Lebensmittelladen gehört hatte, ebenso wie in Solingen durch Erbteilung, Schicksalsschläge und die Umwälzungen der Gesellschaft nur wenig übrig geblieben.

Nach dem Krieg machte Reinhold Abitur und absolvierte anschliessend ein Studium zum Volksschullehrer. Dann aber wanderte er zum Erstaunen aller nach Essen in den Bergbau ab und wurde schließlich Bergbauingenieur. Franz-Adolf arbeitete zuerst auf einem großen Bauernhof in Hennef. Dann machte er eine Ausbildung als Maurer und baute neben unserem Grundstück ein geräumiges, mehrstöckiges Wohnhaus. Nach den schwierigen Nachkriegsjahren war daher eine allgemein positive Tendenz zu erkennen.

Entsprechende Erwartungen wurden natürlich auch an mich gerichtet und die Voraussetzungen waren wohl bei mir in jeder Hinsicht gegeben. In den Ferien arbeitete ich regelmäßig im Malerbetrieb von Onkel Adolf und wurde hier recht versiert im Umgang mit Tapezierbürste, Pinsel und Farbe, was sich später noch in mehrfacher Hinsicht als wichtig und nützlich erweisen sollte.

Von meinen Großeltern habe ich nur meine Oma mütterlicherseits kennengelernt. Zwei Bilder sind mir von ihr haften geblieben. Zum einen beim Brombeeren pflücken. Kein Dornengestrüpp konnte sie zurückhalten, wenn sie eine saftige Beere entdeckt hatte. Und zum zweiten sehe ich sie, wie sie mit mir in der Küche mit einem Wollknäuel Fußball spielt.

Mein Bruder Ernst-Eugen war 1941 im Alter von drei Jahren an Hirnhautentzündung gestorben. Er spielte trotzdem eine wichtige Rolle im Familienleben. Nicht nur nach Meinung von Tante Gretchen war er der netteste und liebste von uns Kindern. Wenn leckere Waffeln auf dem Tisch standen, habe er immer darauf bestanden: „Alle Löcher voll Butter mieren!".

JUGENDSTREICHE + MISSGESCHICKE

Die üblichen Jugendstreiche, wo man gezielt die Erwachsenen ärgert, haben mich nicht interessiert bzw. ich habe mich nicht beteiligt. Ich sah ja, sie hatten es schwer genug. Es handelte sich eher um Missgeschicke, wenn ein Projekt aus dem Ruder lief und eine unverhoffte Wendung nahm. So geschah es auch bei unserem Plan, eine kleine Talsperre zu errichten. Anstatt mühsam einen Damm zu bauen, verstopften wir ein Kanalrohr an der Straße nach Rottland. Dann bestaunten wir zufrieden, wie das Wasser langsam die Böschung hochstieg. Am anderen Tag sahen wir schon von weitem, dass das ganze Wiesental überschwemmt war und das Wasser in breiter Front die Straße überflutete. Zudem war die Feuerwehr emsig bemüht, das Kanalrohr wieder frei zu bekommen. Wir hielten es für wenig sinnvoll ihnen dabei zu helfen und zogen es vor, das Weite zu suchen. Ein anderes Mal ging es darum, wer einen Porzellanisolator an einem Telefonmast treffen konnte. Nach einem Volltreffer meinerseits hing leider der Draht fast bis zum Boden quer über die Straße. Nach kurzer Begutachtung stellten wir fest, dass wir das nicht reparieren konnten und schlugen uns in die Büsche.

Im Alter von ca. 10 Jahren passierte mir selbst ein unverschuldetes Missgeschick, allerdings auch mit glimpflichem Ausgang. Bernhard, Fritz und ich saßen auf Steckelbachs Plateauwagen und Werner führte das Pferd, ein Belgisches Kaltblut, das wie immer „Max" hieß. Werner hielt an und wollte am Berg die Bremse festdrehen. Doch plötzlich fing „Max" an zu laufen. Da es bergab ging und der Wagen drückte, schien er immer schneller zu werden. Bernhard sprang ab, Fritz sprang ab. Wenn ich springen wollte, kam schon wieder ein Stacheldrahtzaun oder ein ähnliches Hindernis. Ich fand einfach nicht den Absprung. Dann ging's im Ort in eine scharfe Kurve mit steil abfallender Böschung. Mir schoss durch den Kopf: „Da kommt der Gaul im Leben nicht rum!" Aber... es klappte ... so eben! Dann ging's bergauf und „Max" blieb entkräftet stehen. Er hatte grünen Schaum vor'm Maul. Es stellte sich heraus, dass ihn eine Wespe gestochen hatte.

Nach diesem „dramatischen" Ereignis machte ich mich als kostenlose Hilfskraft in der Landwirtschaft etwas rarer.

NACH DEM KRIEG ist VOR DEM KRIEG

Die Hinterlassenschaften des Krieges dienten uns Kindern als Abenteuerspielplatz, allen voran das abgebrannte Herrenhaus des Reichsarbeitsministers Robert Ley, der ca. 1 km von Ziegenhardt entfernt Gut Rottland aufgebaut hatte. Welche Auswirkungen und welchen Einfluss diese Nähe auf das Leben im Ort hatte, blieb mir unklar. Es wurde fast nie über diese Zeit gesprochen, deshalb waren die Informationen diesbezüglich äußerst spärlich. Mein Vater war wohl noch für wenige Tage zum Volkssturm eingezogen worden und für einige Wochen in einem Kriegsgefangenenlager auf den Rheinwiesen interniert worden. Unser Nachbar, Onkel Adolf, war als Soldat in Stalingrad verwundet und deshalb noch rechtzeitig ausgeflogen worden. Wie ich später erfuhr, hat er ein Kriegs-Tagebuch geführt, aber nie darüber geredet. Bezüglich Lehrer Küpper wurde gemunkelt, dass er nach dem Krieg auf's Land „strafversetzt" worden war. Onkel „Jupp" war SA-Mann gewesen. Er hatte die Schmiede übernommen. Hier hing ein Schild mit der Inschrift: „ Der Gott, der Eisen wachsen ließ, schuf auch die Eisenmänner!". Ein weiteres: „ Hammer gilt's, nicht Amboss sein!". Onkel „Jupp" war der stillste und in sich gekehrteste Mensch, den ich kannte.

Ein weiterer ungeklärter Widerspruch war, dass trotz der engen Nachbarschaft zu dem führenden Nazi in Ziegenhardt mehrere Schwerstbehinderte die Euthanasiepolitik überlebt hatten. „Balsthers Willi" z. B. konnte nicht sprechen. Ihm war die Zunge am Gaumen festgewachsen. Aber er war selbstverständlicher Teil der Ortsgemeinschaft, ebenso wie Franziska Schmidt, die nie jemand hat gehen sehen.

Mich beschäftigte mehr und mehr die Frage, wie war der Einzelne durch diese schlimme Zeit gekommen und wie hatte er sich verhalten. Noch wichtiger, was musste geschehen, damit sich so etwas nicht wiederholte.

In den Fünfzigern wuchs allgemein die Angst vor dem 3. Weltkrieg. Und diesmal würde es der letzte sein, wie einige ältere Freunde prophezeiten. Ihnen schien eine Welt ohne Krieg nicht denkbar. In mir wuchs ein unbändiger Zorn, dass ich in so eine angeblich ausweglose Situation hineingeboren wurde. Die Ohnmacht, den Zeitläufen ausgeliefert zu sein, verwandelte sich bei mir allmählich in den unbedingten Willen, diese angebliche Zwangsläufigkeit nicht zu akzeptieren und durch persönliches Engagement zu einer Lösung des Dilemmas beizutragen. Ein eher amüsantes Beispiel für Vergangenheitsbewältigung lieferte mein Bruder Reinhold. Er war bei Kriegsende 13 Jahre alt und natürlich auch in der Hitlerjugend gewesen. Als die Amerikaner näher rückten, bekam er wohl Panik. Wohin mit den „braunen Klamotten"? In seiner Not stopfte er sie unter mich in mein Babybett. Ich war gerade mal 3 Monate alt. Die „Amis" haben bei der Hausdurchsuchung nur die Busfahreruniform meines Vaters gefunden, was brisant genug war. Unter mir hat man nicht recherchiert.

GYMNASIUM

Die ersten drei Jahre auf dem Hollenberg-Gymnasium in Waldbröl verliefen ohne besondere Höhen und Tiefen. Der Unterrichtsstoff bereitete mir keine Mühe. Mit der Zeit kristallisierte sich aber eine gewisse Abneigung gegenüber Mathematik heraus, was ich aber durch gute Leistungen in Geometrie kompensieren konnte. Auffällig war allerdings, dass meine Noten in „Zeichnen und Werken", meiner Paradedisziplin, nach unten tendierten. Allmählich machte sich bei mir eine latente Langeweile breit. Die Möglichkeiten der sog. Zwergschule, den „Schwächeren" zu helfen und bei den „Älteren" mitzuhören, waren hier natürlich nicht gegeben. Mehr und mehr wurde mir bewusst, dass auswendig lernen und „nachplappern" wichtiger waren als eigene Denkansätze. Dies war insgesamt ein schleichender Prozess, der sich nicht zwangsläufig fortsetzen musste.
1957 zogen wir in einen modernen Schulkomplex auf dem Kalkberg um, was für uns den Sprung in eine neue

Zeit bedeutete. Das Wirtschaftswunder mit seinen materiellen und technischen Möglichkeiten hatte auch das Schulsystem erfasst. Aber auch in der neuen Umgebung gewann bald Routine die Oberhand, die nur durch Klassenfahrten und die Hoffnung auf „Hitzefrei", Busverspätungen und Totalausfälle durch Glatteis unterbrochen wurde. Insofern unterschied ich mich wenig von den meisten meiner „Leidensgenossen". In diese meine noch recht heile Welt traten aber nach und nach die Probleme der allgemeinen gesellschaftlichen Entwicklung. Priorität des wirtschaftlichen Aufschwungs, Westanbindung/Teilung und damit Konfrontation mit dem Ostblock, Wiederaufrüstung, „Entnazifizierung"... diese und andere Problemfelder wurden nicht behandelt, oder ich bekam - wenn überhaupt - auf diese Fragen unbefriedigende, bruchstückhafte oder meines Erachtens falsche Antworten. Dies entwickelte sich nicht über Nacht, aber die Tendenz verstärkte sich, sodass ich eigenständige Erklärungen und Lösungsansätze suchte.

SCHULALLTAG

Im Folgenden möchte ich einige Ereignisse aus dem ansonsten gleichförmigen Schulalltag erwähnen, die ich als exemplarisch und richtungweisend erachte. Etwa ab der Obertertia (9. Klasse) ging ich dazu über, die Hausaufgaben nur noch im Schulbus, im Aufenthaltsraum und in den Pausen zu erledigen. So hatte ich die Nachmittage frei für meine eigenen Interessen. Während meine Noten in Kunst nach unten sackten – sie pendelten sich zwischen 3 und 4 ein - befasste ich mich zu Hause u.a. mit der Geschichte der Kunst von der Antike über die Renaissance bis zur Klassischen Moderne, die ich quasi in mich aufsaugte. Hierbei wurde ich besonders von Reinhold unterstützt, der mir u.a. zu Weihnachten 1961 ein Buch schenkte, das mich sehr faszinierte. Der Titel war: „Malende Dichter – dichtende Maler".

Zurück zur Schule. Als wir eines Tages im Kunstunterricht die Hausaufgabe bekamen, ein Motiv aus der Nibelungensage zu zeichnen, machte ich eine Ausnahme. Ich verbrachte mehrere Stunden damit, die Szene darzustellen, in der Hagen von Tronje Siegfried an der Quelle auflauert. Am nächsten Tag kam mein Freund und Sitznachbar Stefan ganz aufgeregt in die Klasse. „Norbert, zeichne mir schnell was, ich kann das nicht!" Ich habe ihm in der Pause die Szene zu Papier gebracht, in der Hagen den Schatz im Rhein versenkt. Als wir die Arbeiten zurückbekamen, hatte Stefan eine 1 und ich wie üblich...! Für Stefan hat es mich gefreut.

Geschichte hatten wir bei Frau Dr. Vollmar, die mir in den ersten Jahren das Schulgeld bezahlt hatte. Es reichte, Zahlen auswendig zu lernen: „333 – bei Issus Keilerei!" und zu akzeptieren, dass die Weltgeschichte von genialen Menschen wie Alexander der Große, Augustus, Napoleon etc. bestimmt worden ist. Wenn diese „Größen" sich in bestimmten Situationen anders entschieden hätten, dann hätte die Weltgeschichte einen total anderen Verlauf genommen. Das wollte mir nicht recht einleuchten. Im Umkehrschluss bedeutete das, alles Übel konnte man auch auf eine Figur abwälzen, was z.B. für die Nazizeit ganz praktisch war. Über solche Dinge zu diskutieren war nicht möglich. Entsprechend gering war meine Beteiligung am Unterricht. Aber für eine passable Note reichte es allemal. Frau Vollmar hatte jedoch mehr von mir erwartet. Eines Tages sagte sie zu mir gewandt: „Der lässt Gottes Wasser über Gottes Land laufen!". Was auch sonst!?

Im Lateinunterricht habe ich bei Dr. Gruber eine vielleicht provokante, nicht ganz konventionelle aber nicht unsachliche Bemerkung im Zusammenhang mit dem Unterrichtsstoff gemacht, worauf er aufstand, seine Tasche packte und den Raum mit der Bemerkung verließ: „Hier kann ich nicht mehr unterrichten!". Meine Mitschüler bestürmten mich: „Hol ihn zurück, sonst bekommen wir auch noch was ab!". Ich habe ihn kurz vor dem Lehrerzimmer eingeholt und zur Umkehr bewogen. Ich weiß bis heute nicht, was ich „schlimmes" gesagt haben sollte.

Mathematik war das Fach, das mir am meisten gegen den Strich ging. Ich grübelte lange, woran das liegen könnte. Ich kam zu dem Schluss: Mathematik ist ungenau. Die einfachste Rechnung $1+1=2$ ist eine grobe Vereinfachung. Es gibt keine 2 genau gleichen Dinge auf dieser Welt, also kann ich sie nicht gleichsetzen. Mathematik ist ein Mittel, um die Welt begreifbar zu machen, unter ein Raster zu legen und sie damit zu „beherrschen". Aber es bleibt dabei immer eine Rest-ungenauigkeit. Eine Diskussion zu diesem Thema war vollkommen unmöglich. Ich bin im nachhinein froh, dass man mir nicht „die Ärmel auf dem Rücken zusammengebunden hat".

In den Pausen beschäftigten wir uns gerne mit Kreideschlachten ... Vorder- gegen Hinterbänkler. Wir sammelten Kreidestücke, verschanzten uns hinter Tischen und Stühlen, standen kurz auf und schossen unsere Munition ab. In diesem Moment ging die Tür auf, Herr Blumbach sieht mich in voller Aktion. Mein Kreidestück verfehlt ihn nur knapp. Er kommt zielstrebig auf mich zu, holt aus und ich lande unterm Tisch. „Alle Kreidestücke auflesen!" brüllte er, was ich gerne tat. Kriechenderweise konnte sich mein Kreislauf wieder stabilisieren und meine linke Gesichtshälfte wieder eine halbwegs natürliche Farbe annehmen.

KLASSENFAHRT

Auf einer Klassenfahrt nach Fulda hatte ich ein verstörendes Erlebnis. Wir lagen in der Jugendherberge abends im Bett, als ein Singsang den Hang hochschallte. Die Melodie kannte ich und der Text war mir teilweise auch bekannt. Er gipfelte, vorgetragen von ca. 4 bis 5 „Halbstarken", in der poetischen Behauptung: „Scheiße in der Lampenschale gibt gedämpftes Licht im Saale". Wir amüsierten uns, empfanden es als eine willkommene Abwechslung und einige verlangten Zugabe. Plötzlich kam unser Klassenlehrer Herr Dr. Henrich ins Zimmer und gab die Anweisung: „Auf mein Kommando steigen wir alle durchs Fenster und zeigen ihnen , wo's langgeht!". Ich traute meinen Augen und Ohren nicht. Das Kommando kam und 20 Schüler stürzten sich den Hang hinunter. Als letzter stolperte ich dann hinterher. Ich dachte, was ist hier los? Dieser Sinneswandel war mir unerklärlich. Unsere Mädels waren ebenfalls informiert worden und bestaunten den „heldenhaften Angriff". Wir hatten keine „Verluste", haben aber auch keinen „Übeltäter" erwischt.

Ich grübelte nach diesem Vorfall noch lange über die undurchsichtigen Wechselwirkungen von eigener Meinung, Autorität und Gruppenverhalten bzw. Gruppenzwang.

DIE ENTSCHEIDUNG

Aus dem Englischunterricht ist mir ein Satz aus Edna Ferbers Roman „Cimarron" haften geblieben: „He was more onlooker than participant" („Er war mehr Beobachter als Teilnehmer"). Diese Haltung war wohl auch kennzeichnend für mich und mein weiteres Leben. Ich wollte wissen, was treibt die Menschen an, was bestimmt ihr Handeln? Wie kommen sie durch die Wirren unserer Zeit? Von der deutschen Literatur beeindruckte mich am meisten „Die Abenteuer des Simplicissimus" von Grimmelshausen.

Ein Jahr vor dem Abitur bekamen wir von Dr. Henrich eine Liste mit 100 Werken der Weltliteratur, die wir selbständig zu Hause durcharbeiten sollten. Mir kam gleich der „Nürnberger Trichter" in den Sinn. Ich empfand mittlerweile die Schule als eine Einrichtung, die zuerst siebt und aussortiert. Wer nicht durchs Rost fällt, wird in eine Form gepresst. Bei mir reifte der Entschluss, dass ich das nicht akzeptieren wollte. Die beruflichen Perspektiven, auf die ich vorbereitet wurde, hatten für mich keinerlei Reiz. Was mich grundsätzlich störte und bei mir zu einer rigiden Abwehrhaltung führte, war die unverhohlene Taxierung des Einzelnen auf seinen gesellschaftlichen Nutzen und seine profitable Verwertbarkeit im Wirtschaftsprozess. Dass dabei im Gegenzug die Teilhabe am wachsenden Konsum der Warenwelt winkte, spielte für mich damals keine Rolle. So entschloss ich mich, der Schule den Rücken zu kehren. Ich wollte mir eine eigene Form geben, ein Leben nach meinen Vorstellungen führen. Ich wollte bei denen bleiben, die keine realistische Chance auf gesellschaftlichen Aufstieg und materiellen Reichtum hatten. Hier kannte ich mich aus, hier fühlte ich mich wohl. Ich vermied nach Möglichkeit den Gebrauch von Fremdwörtern und „wat un dat" hatte man mir noch nicht gänzlich ausgetrieben. Ich wollte sein wie „ein Fisch im Wasser".

ABGANG

Für meine Eltern war das natürlich ein harter Schlag. Sie waren vollkommen unvorbereitet. Ich hatte nie einen „Blauen Brief" bekommen. Für das Hollenberg-Gymnasium war der Fall im Winter 62/63 eine absolute

Neuheit und für Dr. Henrich als Klassenlehrer eine Provokation und persönliche Niederlage. Er versuchte hartnäckig mich von meinem Entschluss abzubringen. Er fuhr mit mir mehrmals quer durchs Oberbergische und redete auf mich ein wie auf „eine kranke Kuh". Alles ohne Erfolg. Dann machte man mir seitens der Schule das Angebot, kostenlos die Klassenfahrt nach Wien mitzumachen, was ich widerwillig annahm. Ich habe angenehme Erinnerungen an diese Tage mit Donauschifffahrt, Wachau, Kloster Melk, Grinzing und natürlich Wien. In der Wachau hatte ich übrigens den ersten Schwips meines Lebens. Alkohol und Nikotin hatten für mich ansonsten keine Bedeutung. Von der Fahrt zurück verwirklichte ich mein Vorhaben und verließ ca. 1 Jahr vor dem Abitur das Gymnasium. Ich bekam eine Art „Abschlusszeugnis" mit dem Vermerk: „Er verlässt die Schule, um einen Beruf zu ergreifen"

PROBE aufs EXEMPEL

Obwohl ich der Theorie, dass die historische Entwicklung von den Entscheidungen und der Genialität einzelner Persönlichkeiten abhängen sollte, skeptisch gegenüberstand, war ich doch von der idealistischen Idee geprägt, dass persönliches Engagement und Mut etwas bewirken können. Daher wandte ich mich an zwei wichtige Institutionen, um meine Ansichten darzulegen. Die Kirche betrachtete ich als Hüterin und Förderin der Kunst. Ich zeichnete in Anlehnung an das Menschenbild der Renaissance meinen Idealtypus eines unbekleideten Mannes und schickte es an den Vatikan. Ich bedaure das Werk aus der Hand gegeben zu haben.

Als zweites erschien mir die Tageszeitung als das richtige Medium, um meine Vorstellungen publik zu machen. Ich fuhr nach Köln zur Redaktion des „Stadt-Anzeigers" und bekam auch einen „Gesprächspartner" vorgesetzt. Ich schilderte ihm, dass ich von der Schule abgegangen sei, dass ich die Entwicklung der Gesellschaft für falsch halte und ich auf die Vorzüge, die mit dem Wirtschaftswachstum verbunden waren, verzichten wolle. Im Gegenzug wäre ich nicht verpflichtet, diesem Staat zu dienen, sprich Wehrdienst zu leisten. Es müssten neue Wege des Zusammenlebens gefunden werden im Einklang mit der Natur...es müssten... er ließ mich reden und wartete darauf, dass ich die Sinnlosigkeit meines Tuns einsah. Ich verabschiedete mich. Ich habe nie wieder einen Menschen getroffen, der mir so wortlos sein komplettes Desinteresse zeigte. Beide Versuche. eine breitere Öffentlichkeit und Unterstützung zu finden, waren gescheitert. Die 68er – Bewegung war noch in weiter Ferne. Ich war allein unterwegs.

LEBENSUNTERHALT

Da nun feststand, dass meine idealistischen Vorstellungen mit der Realität nicht in Einklang zu bringen waren, stellte sich umso dringender die Frage: Wovon leben? Ich hatte die Möglichkeit bei der Post anzufangen. Als was, weiß ich nicht mehr. Es kam für mich überhaupt nicht in Betracht. Dann ging mein Vater mit mir zu einem Vorstellungsgespräch bei der Firma HUWIL in Ruppichteroth. Sie boten mir eine Lehrstelle als Bürokaufmann an. Wir verließen ohne Zusage meinerseits das Gebäude. Mein Vater in kariertem Wintermantel und mit Hut ging 2 Schritte vor mir. Ich sagte: „ Papa, ich mach' das nicht!". Mein Vater blieb kurz stehen, drehte sich aber nicht um und ging langsam weiter. Mir schien, dass er in diesem Moment ein Stück kleiner geworden war. Mir tat er unendlich leid, aber ich konnte nicht anders. Ich war kein Kaufmann und ich würde keiner werden. Wir fuhren wortlos nach Hause. Nun musste ich selbst eine Entscheidung treffen.

Da ich bei meinem Onkel im Malerbetrieb Ferienarbeit geleistet hatte, schien mir eine Maler- und Anstreicherlehre naheliegend. Immerhin ging es um Farb- und Raumgestaltung. Ich begann also eine Lehre bei der Firma Vogel in Waldbröl. Ich glaube, es dauerte keine 6 Wochen. Ich geriet dauernd mit dem Chef aneinander, weil ich Dinge eingedenk der Praktiken bei Onkel Adolf anders handhabe als er. Ich gab auf und kündigte. Ich begann im Malerbetrieb Klüser als Hilfskraft. Es vergingen einige Monate, als ich krank wurde. Mein Verdauungsapparat war gründlich gestört.

KRANKENHAUS

Schließlich kam ich ins Waldbröler Krankenhaus. Man verpasste mir etliche Diäten, Schonkost, Süppchen, Kohletabletten, Abführmittel. Nichts half. Ich hatte den Eindruck, bei mir trat immer ein gegenteiliger Effekt der jeweiligen Behandlung ein. Dann stellte man fest, ich hätte zu hohen Blutdruck. Also bekam ich blutdrucksenkende Mittel. Mir schwante nichts Gutes. Kaum hatte ich die Tabletten eingenommen, musste ich das Trio, das üblicherweise im Takt furzend den Gang auf und ab schlenderte, verlassen und mich ins Bett begeben. Mir war schlecht wie nie. Als ich so dalag, kam eine Krankenschwester und fragte: „Stimmt was nicht, ist ihnen nicht gut?" „Doch, doch, alles in Ordnung!" sagte ich mühsam. Ich hatte Sorge, dass sie einen Arzt herbeiholt, der die Sache noch verschlimmert. Nachdem ich mich erholt hatte, warf ich sämtliche Tabletten , die ich weiterhin täglich bekam, zum Fenster raus. Das ging so einige Wochen ohne wirkliche Fortschritte. Dann stand wieder mal Chefvisite an. Chefarzt Dr. Claassen besprach meinen Fall einige Minuten mit seinen Assistenten, überwiegend auf Latein. Dann meinte er: „Ach, den schicken wir nach Hause, der wird sowieso nicht mehr besser !". Ich war heilfroh, den „Giftmischern" zu entkommen. Zu Hause angekommen, kletterte ich auf den nächsten Kirschbaum und stopfte mich voll mit den saftigen, ungewaschenen Herzkirschen. Von da an regulierte sich mein Magen wieder. Meine eigene Diagnose im nachhinein war: Ich hatte

Farbreste an den Händen nicht gründlich genug gereinigt. Das besorgte dann die Butter beim Frühstück. Die Hände waren sauber und der Magen „verkorkst". Die Diagnose des Hausarztes Dr. Puschmann lautete:"Er verschluckt zu viel Luft beim Essen!"

„SELBSTÄNDIG"

Das Arbeitsverhältnis bei der Firma Klüser war durch meinen langen Krankenhausaufenthalt aufgelöst worden. Als ich wieder bei Kräften war, stellte sich wieder die Frage, was tun? Fußballkameraden boten mir eine Stelle auf dem Bau an, wozu ich wenig Lust verspürte. Da half mir ein Zufall. Steckelbachs Werner hatte gebaut und das Haus war bis auf den Innenausbau fertig. Seine Frau Maria fragte mich: „Du hast doch Zeit. Willst du bei uns tapezieren, Heizkörper streichen usw.?". Ich ergriff die Gelegenheit und hatte wochenlang zu tun. Als ich dort fertig war, meldete sich Loni W.: „Kannst bei mir weitermachen!". So wurde ich „selbständig". Ich fuhr mit einem klapprigen Fahrrad zu meiner Kundschaft, auf dem Gepäckträger eine Tasche mit dem nötigsten Werkzeug. Ich hatte irgendwo eine schwarze Hutstulpe aufgetrieben, die ich mit Stolz trug. Ich war eine pittoreske Erscheinung, die überall gern gesehen war. Man betrachtete „mein Treiben" allgemein mit Sympathie.Die Arbeit hielt zwar besonders im Winter nicht aneinander, aber ich gab ein kleines Kostgeld ab und ich machte mich in Haus und Hof nützlich. Ich zahlte keine Steuern. Ich war nicht beim Arbeitsamt gemeldet. Ich war durchs Raster gefallen und in der „Schattenwirtschaft" gelandet.

GESANGVEREIN

Zu dieser Zeit traten Leo und ich dem Rossenbacher Männerchor bei. Leo kam in den 1. Tenor, mich steckte man gleich bei die „alten Knaben" im 2. Bass. Die durchweg betagten „Brummbären" nahmen mich unter ihre Fittiche und gaben mir fachliche Ratschläge. Um meine Stimme für tiefere Regionen zu trainieren, empfahlen sie mir statt Bier Schnaps, am besten Wacholder zu trinken. Nachdem ich eines Tages diesen Ratschlag zu gründlich befolgt hatte und mein Schlafzimmer mit mir Karussell fuhr, habe ich jahrelang keinen Schnaps mehr angerührt. Ich war im übrigen recht stimmsicher. Nichtsdestotrotz bot mir Reifenraths Anton bei akuter Notenknappheit sein Exemplar an. Er mäandrierte dann durch sämtliche ihm zugängliche Tonlagen und Tonarten, vom Text ganz zu schweigen. Hillenbachs Otto hatte ein Glasauge, das er bei Festveranstaltungen schon mal quer über den Tisch kullern ließ. Ottersbachs Willi wurde regelmäßig aufgefordert, einen Witz zu erzählen. Er brachte dann immer den gleichen: „Woröm hätt der Hahn keen Häng?" („Warum hat der Hahn keine Hände?") Die Antwort gab er auf hochdeutsch: „Weil das Huhn keine Brust hat!".

Das Rossenbacher Dorffest mit Festzelt und Festumzug war der Höhepunkt des Sommers, bei dem auch die Ziegenhardter kräftig mitmischten. Nach Auftritten und Proben gingen wir zu „Krapps Jupp" ehemals „Zur Fischerin", um den Abend ausklingen zu lassen. Oft waren „Fritzchen", Norbert K. und ich die letzten Zecher. Die beiden wohnten in Rossenbach bzw. Beuinghausen. Wir begleiteten uns wechselseitig nach Hause bis mindestens einer die „Arschkarte" gezogen hatte. Unterwegs brachten wir gestandenen Ehefrauen Ständchen. Fritz 1. Tenor, Norbert 1. Bass, ich 2. Bass, so standen wir dann mitten in der Nacht unter einem Fenster und gaben das "Einsame Glöcklein" und „Ich bete an die Macht der Liebe". Ärger mit den Ehemännern hatten wir nie. Im Gegenteil. Mein Vater öffnete das Fenster, nachdem wir „Ave Maria" dargeboten hatten und sagte: „Ihr habt toll gesungen, ich danke euch!" Da war natürlich eine Zugabe fällig.
Eines Tages stand ich nach einem Konzert bei „Krapps" an der Theke, als Jupp mich bat , im Keller ein Pilsfass anzuschlagen. Meinen Einwand, das hätte ich noch nie gemacht, wiegelte er ab. Er kam mit dem Bier zapfen nicht nach, Tochter Margit schleppte Nachschub für die durstigen Kehlen und Ehefrau Käthe wirbelte in der Küche. „Ist ganz einfach!" meinte Jupp und erklärte mir während er weiter zapfte, was zu tun sei. „Hebel rechts drehen...links runter...oben einstechen...rauf... unten zu... fertig, ganz einfach!". Ich begab mich in den Keller und versuchte mein Glück. Nach ein paar Handgriffen schoss eine Bierfontäne unter das Kellergewölbe, floss an den

Wänden hinunter und umspülte meine „Konzertschuhe".
Ich schrie um Hilfe und versuchte verzweifelt die
Bierexplosion zu stoppen, was aber nur zur Folge hatte,
dass sich der Gerstensaft unter maximaler Schaum-
entwicklung waagerecht in alle Himmelsrichtungen
ergoss. Als Jupp endlich zu Hilfe kam, hatte der Druck
schon etwas nachgelassen und er rettete den Rest. Margit
und „Kätt" hatten plötzlich auch Zeit in den Keller zu
steigen und wie der halbe Gesangverein mein Werk zu
bestaunen. Das Positive an der Sache war: Jupp hat
meine gastronomischen Dienste nie wieder in Anspruch
genommen. Weniger erfreulich war: Mein Gesang-
vereinsanzug war ruiniert.
Nach einigen Jahren meldete ich mich im Gesangverein
ab. Samstag Auftritt, Sonntag Fußball, Montag Probe,
Mittwoch Training, das war auf die Dauer inklusive
jeweils „3. Halbzeit" nicht zu verkraften. So blieben mir
gesanglich nur „Opernduette" mit Reinhold und Solo –
Darbietungen von „Kalinka", „Räuber Kudejar" und
„Wolgaschlepper". Auf dem Gebiet der Musik haben
mich Gruppen wie „Beatles" und „Rolling Stones"
wenig berührt. Zu Weihnachten schenkte uns Reinhold
Anfang der Sechziger einen Plattenspieler und u.a. eine
Schallplatte mit Gospelsongs von Mahalia Jackson, die
mich in ihrer ursprünglichen Vitalität stark beein-
druckten. Ein weiterer musikalischer „Fixstern" war
Harry Belafonte, dessen Lieder mir Rainer in Solingen
näherbrachte. Vom Musikunterricht in der Schule haben
mich „Carmina Burana" von Carl Orff und „Aus der
Neuen Welt" von Antonin Dvorák am meisten be-

48

eindruckt. Wenn es in Richtung atonaler Musik ging, neigte ich eher zu der Ansicht meines Vaters, der dazu oft sagte: "Da sind sie wieder ein Pferd am begraben!"

WEHRDIENSTVERWEIGERUNG

Neben meiner handwerklichen Tätigkeit befasste ich mich mit der Frage, wie ein naturnahes Leben und Wirtschaften aussehen könnte. Ich war quasi meiner Zeit ein Stück voraus. Die „Grünen" waren noch kein Begriff. Man ließ mich gewähren...man hatte mich in meinem „Biotop" vergessen.

Nur ... eine Institution hatte mich noch im Visier und wollte partout nicht auf meine Dienste verzichten: Die Bundeswehr. Nach meiner Musterung verweigerte ich den Wehrdienst. Ich hielt die Westanbindung mit der Konsequenz der Konfrontation mit dem Ostblock für verfehlt und ich wollte dies nicht unterstützen. Ich wurde vor ein Schiedsgericht in Bergisch Gladbach geladen, das meinen Antrag ablehnte. Der Fall ging eine Stufe höher, weil ich weiter auf Freistellung vom Wehrdienst beharrte. Zivildienst kam für mich auch nicht in Frage. Ich wollte den Staat in dieser Konstellation grundsätzlich nicht unterstützen. Vor dem Ausschuss wurden mir Fragen gestellt wie z.B.: „Was würden sie machen, wenn ihre Mutter von einem Russen vergewaltigt würde?". Der Antrag wurde abgelehnt mit der Begründung: „Der Antragsteller schwieg im Wesentlichen zu den ihm gestellten Fragen".

So kam es zum Unvermeidlichen. Im April 1966 fand ich mich nach einer durchzechten Nacht um 7 Uhr am Deutzer Bahnhof ein, um meinen Wehrdienst anzutreten. Die Reise dauerte bis in den späten Nachmittag und endete in Büchel bei Cochem auf einem Starfighter-Fliegerhorst mit angegliedertem Ausbildungsbereich für die Beobachtende Artillerie. Ich war an einem Tiefpunkt angekommen. Die Aussichten waren düster wie nie.

BUNDESWEHR

Nach einer endlos langen Bahnfahrt, bei der wir länger auf Abstellgleisen standen als fuhren, wurden wir von Cochem per Lkw nach Büchel in der Eifel verfrachtet. Wir mussten auf dem Exerzierplatz antreten und wurden auf die Baracken aufgeteilt. Vor der Baracke bekamen wir die jeweilige Zimmernummer. Vor meinem Zimmer bildete sich ein Stau und ich quetschte mich mit einem Leidensgenossen durch die Zimmertür. „Dich kenn ich aber auch!" meinte der. Es war Armin aus Hermesdorf, den ich flüchtig vom Sehen kannte. Armin hatte ein Auto, einen Opel-Kadett. Der Himmel lichtete sich ein wenig. Die wöchentlichen Heimfahrten schienen gesichert. Nach der Einkleidung begann die dreimonatige Grundausbildung.

Ein Ereignis ist mir aus dieser Zeit besonders in Erinnerung geblieben. Wir waren zum ersten Mal im Gelände und hatten uns kleine Erdlöcher gebuddelt. In der Pause beobachteten wir den 1. Zug, der sich in Reihe aufstellte und in Richtung Talsohle in Bewegung setzte. Diese Talsohle bestand aus mehr oder weniger großen Wasserlaken, Matsch und Sumpf. Plötzlich warfen sich alle in diesen Dreck und robbten vorwärts. Dabei war wohl das Gewehr, das sie auch liegend hochhielten, der wichtigste „Körperteil". Wir waren uns einig: „Die haben „Scheiße gebaut"...wir brauchen das nicht...wir würden das auch nicht mit uns machen lassen". Nach der Pause hieß es: „2. Zug in Reihe Richtung Tal antreten ... ohne Tritt marsch ... Tiefflieger von links...!". Wer nicht schnell genug im Dreck lag oder sich noch auf ein trockenes Plätzchen retten wollte, durfte noch mal ran... Ich musste an den Schulausflug nach Fulda denken... und noch weiter zurück in die deutsche Vergangenheit.

FLIEGERHORST BÜCHEL

Organisatorisch war unsere Ausbildungsbatterie vom Fliegerhorst mit Starfighter-Geschwader und Atomwaffendepot getrennt. Räumlich allerdings steckten wir nur durch einen Zaun abgegrenzt mittendrin.. Unsere Baracke lag ca. 200m von der Start- und Landebahn entfernt und ca. 100m vom Tower, der unsere Stube nachts mangels Gardinen im Rhythmus taghell ausleuchtete. Der infernalische Lärm der Düsenjäger war am größten, wenn eine Formation zur Landung ansetzte und dann durchstartete. Nachts wurden die Triebwerke stundenlang im Leerlauf getestet. Äußerst unangenehm waren auch die Atemschutzmasken-Tests. Wir nannten sie „Gasmasken" und sie weckten bei mir beklemmende Assoziationen.

Kurioserweise bin ich nie vereidigt worden. Zu dem Zeitpunkt lag ich mit einer Erkältung im San-Bereich. Meine Vereidigung sollte nachgeholt werden, ist dann aber wohl vergessen worden.

KOBLENZ

Nach 3 Monaten wurden wir nach Koblenz in die Boelcke-Kaserne versetzt, wo es etwas ziviler zuging. Die Kaserne lag am Moselufer, nicht weit entfernt von der Innenstadt und vom Deutschen Eck. Außerdem war die Anreise und vor allem die Heimfahrt kürzer. Quälend langweilige Tage wechselten mit Nachtalarm (NATO-Alarm) Übungsschießen und Manövern ab. Die fanden überwiegend auf dem Truppenübungsplatz Grafenwöhr in der Oberpfalz statt. Ich war mittlerweile bei den Fernmeldern („Kabelaffen") gelandet. Wir mussten dort in der Wildnis Kabel verlegen und wieder abbauen. Nach einer solchen Übung fuhren wir zurück in unser Zeltlager, als ich feststellen musste, dass mein Gewehr fehlte. Es folgte eine dreitägige Untersuchung mit Verhören, Rekonstruktion des Kabelverlaufs usw.. Alle Fahrzeuge waren nach der Verlustmeldung durchsucht worden. Ohne Ergebnis. Ein Leutnant leitete die Untersuchung. Seine markantesten Sprüche waren: „Kanonier Burghardt, tigern sie vorneweg, es geht um ihren Kopf!" „Kanonier Burghardt, ich hätte große Lust, sie ins Zielgebiet zu jagen!" Am dritten Tag wurde ich von den Amerikanern, die dort das Sagen hatten, in die Mangel genommen. Und mein Feldwebel fragte: „ Na Burghardt, wat haste denn dafür bekommen?". Andere trösteten mich und meinten, ihnen wäre mal ein Panzer abhanden gekommen. Schließlich kam ein Gefreiter und fragte, ob ich ein Gewehr vermisse. Sie hätten in ihrem Fahrzeug eins zu viel. Ich ging mit zu seinem Lkw. Auf der Ladefläche stand „mein Leutnant" mit einem Gewehr in den erhobenen Händen. Er brüllte: „Wie ist ihre Gewehrnummer?" „525" „Und davor?". Die waren mir leider nicht bekannt. Man brauchte sich nur die letzten drei Ziffern zu merken. Schon kam mein Gewehr quer durch die Luft geflogen. Ich schnappte es auf und ging. Der Leutnant und einige Offiziersanwärter hatten wohl herausbekommen, dass ich Wehrdienstverweigerer war. Man wollte mir eins auswischen.

In Koblenz bestand für Interessierte ab und an im Rahmen des Dienstplans die Möglichkeit ein öffentliches Freibad zu besuchen. Da ich nach wie vor den Auftriebskräften meines Körpers misstraute, nahm ich daran nie teil. Bis es eines Tages hieß: „Fußballer dürfen nicht ins Wasser!". Wir hatten am nächsten Tag ein Spiel mit der Batteriemannschaft und man hatte Bedenken wegen Muskelkater und Verletzungen. Das schien mir eine gute Gelegenheit zu sein, einen stressfreien Nachmittag zu verbringen. Die Freude währte aber nur kurz. Plötzlich hieß es: „Nichtschwimmer zum Nichtschwimmerbecken!". Wir stellten uns ins brusttiefe Wasser und einer nach dem anderen musste einen Ring vom Beckenboden hochholen. Als ich an der Reihe war, sagte ich: „Kann ich nicht!". Der Unteroffizier in Badehose am Beckenrand steigerte seine Lautstärke und brüllte schließlich: „Kanonier Burghardt, ich befehle ihnen, holen sie den Ring hoch!". Das hatte aber nur zur Folge, dass sich mehr und mehr zivile Badegäste am Beckenrand versammelten und der Darbietung amüsiert folgten. Ich erbarmte mich und fischte den Ring dank meiner langen Arme aus dem Wasser ohne mit dem Gesicht unterzutauchen. Das war zu viel für den armen Mann. Er kreischte: „Ins Tiefe, ins Tiefe!!!" Irgendwie habe ich das dann auch geschafft. Die nächste Übung, diesmal im Schwimmerbecken ... habe ich als erster und freiwillig absolviert. Ich wollte vermeiden, dass man noch auf der anderen Rheinseite auf das Spektakel aufmerksam wird. Unsere DLRG-Schwimmer haben dann meinen „Tauchvorgang" abgebrochen und mich an Land gezogen.

STADT ALLENDORF

Im folgenden Jahr wurde unsere Batterie nach Stadt Allendorf bei Marburg versetzt. Armin und sein Kadett blieben mir erhalten. Mittlerweile war ich Gefreiter geworden und auf die Schreibstube der Schirrmeisterei versetzt worden. Es handelte sich um ein 1-Mann-Büro. An einem normalen Tag war es meine Aufgabe 2 bis 3 Fahrbefehle auszufüllen und von einem Offizier abzeichnen zu lassen. Der Rest war Langeweile und

Warten auf den Feierabend. Nach der Apathie des Tages wurden wir nach Dienstschluss schlagartig munter. Wir stürzten uns in die Zivilkleidung und ab ging's in die Kantine zum „Kickern" oder in die Stadt, um einige abgezählte Bierchen zu schlürfen. Am Musikautomaten legten wir dann ein paar Platten auf. Der meistgespielte Schlager war „Please release me, let me go!" von Engelbert Humperdinck. Wir saßen im abgeschiedenen Allendorf und sehnten das Wochenende in der Heimat herbei. Bei mir ergab der Text wenig Sinn. Ich hatte keine Beziehung. Anders sah es bei Kamerad Erwes aus. Zu Hause erwarteten ihn Frau und 3 Kinder und die Sorgen waren ihm ins blasse Gesicht geschrieben. Aber wir wurden bei dieser Schnulze alle sentimental und zählten die Resttage herunter. Die oft quälende Langeweile lockerte ich in den nicht enden wollenden Unterrichtsstunden mit meinen „Zeichenkünsten" auf. Ich skizzierte unseren stiernackigen Stuffz oder eine „kopflose Bikinischönheit" und ließ den Zettel durch die Reihen gehen. Am Gemurmel und Gekicher konnte man erkennen, wo sich mein „Kunstwerk" gerade befand. Meiner Beliebtheit war das natürlich förderlich. Ich war einer von ihnen. Ich lebte wieder im Rhythmus meiner Altersgenossen.

„RESERVIST"

Insgesamt war die Bundeswehrzeit wider Erwarten eine wichtige und lehrreiche Zeit für mich. Nach Jahren des

Grübelns und der einsamen Suche nach alternativen Lösungen für den Einzelnen und für die Gesellschaft war ich wieder im Kreis meiner Altersgenossen gelandet und teilte ihre Sorgen, Nöte und kleinen Freuden. Die größte Sorge war, komme ich pünktlich ins freie Wochenende oder habe ich Nachappell?! Der Stubendurchgang am Freitag war die letzte Hürde vor der Fahrt in die Freiheit mit Gesangverein und Fußballclub. Ich lernte von meinen Kollegen - wie sie es mir vorlebten - mir eine gewisse „Wurstigkeit" anzueignen. Schließlich unterschied ich mich wenig von der Mehrheit der Wehrpflichtigen. Keiner war davon begeistert, beim „Bund" zu sein. Es herrschte eine allgemeine „Leck mich am Arsch"-Stimmung".

In dieser Atmosphäre ergab sich auch die ein oder andere skurrile Situation, die unseren Alltag aufheiterte. Der Gefreite Baum war auf seinem Wachtposten eingenickt und von einem Offizier unsanft geweckt worden. Auf die Frage, was er zu seiner Entlastung vorzubringen habe, sagte er: „ Ich war müde wie ein Baum, so müd' war ich noch nie!" Dies schien überraschenderweise plausibel, der Gefreite Baum entging so unangenehmen Weiterungen und wir hatten unser „geflügeltes Wort", das uns in mancher misslichen Lage den „Rücken stärkte". Der „Ur-Frankfurter" Bommersheim sorgte mit seinem lautstarken Protest für Furore: „Die senn verrickt, isch honn kee Saggrodde!", bevor er wochenlang in Quarantäne geschickt wurde. Wir Rheinländer amüsierten uns auch dauerhaft über seinen Ausspruch: „Isch konn net met, isch moss mei Butz noch bischele!"

Als ein „Unbekannter" seine Notdurft in ein Gemein-schafts-Waschbecken platziert hatte, mussten wir 3 Tage lang einen 24-Stunden-Wachdienst auf allen Fluren und vor jedem Waschraum organisieren. Und zwar in feldmarschmäßiger Ausrüstung mit Helm, Gewehr, „Gasmaske" und Klappspaten. Der Übeltäter konnte dabei nicht ermittelt werden. Der „Unbekannte" verabschiedete sich 14 Tage später planmäßig als Reservist von der Bundeswehr. Er kommentierte das wie üblich mit den geheimnisumwitterten Worten: „La pui, la tarrakuja!"

So vergingen die Tage und Wochen. Ich bin mindestens drei Mal nachts um 3 Uhr über den Zaun geklettert, weil ich mein „Armin-Taxi" nach einem Fußballspiel verpasst hatte. Jedes Mal hat mich Wilfried Wirths nach Stadt Allendorf gefahren, obwohl er um 7 Uhr auf der Baustelle sein musste. So hat er mich wahrscheinlich vor dem „Bau" gerettet. „Danke Wilfried!"

Kurioserweise wurde ich als Wehrdienstverweigerer zum Unteroffizierslehrrgang vorgeschlagen. Ich besetzte zeitweilig den Posten auf der Vorschriftenstelle, wozu normalerweise eine Sicherheitsüberprüfung erforderlich war. Nachdem ich bei einem Lehrgang für Tastfunk (Morsen) als Bester abgeschnitten hatte, wurde Tastfunk eine Woche später per Tagesbefehl bei den Landstreitkräften abgeschafft ... ich bin nicht vereidigt worden ... schon ein sonderbarer Haufen ... damals.

Doch auch diese Zeit neigte sich dem Ende zu. Nach 18 Monaten wurde ich als Obergefreiter entlassen. Im Verteidigungsfall hatte ich mich am Hauptbahnhof in

Mönchengladbach einzufinden. Während die anderen Wehrpflichtigen von ihren Firmen wieder übernommen wurden oder ein Studium begannen, stand ich vor dem Problem: „Wie bekomme ich wieder einen Fuß in die Tür". Wie gliedere ich mich wieder in das Berufsleben ein? Es herrschte Vollbeschäftigung. Arbeitskräfte waren überall gesucht. Aber es blieb ein großes Fragezeichen: Was passt für mich???

NEUSTART

Mittlerweile war aus mir ein recht passabler und für Rossenbacher Verhältnisse ein sehr guter Fußballer geworden. Nach einem gewonnenen Spiel verkündete ich im Vereinslokal in Bladersbach, da ich keine Arbeitsstelle hätte, würde ich auch nicht mehr Fußball spielen. Das saß. Man merkte, dass es mir ernst war. Es gab kein anderes Thema mehr an diesem Abend. Es kamen gleich mehrere Angebote im Baugewerbe, wozu ich keine Lust verspürte. Dann trat Manfred Adolphs in Aktion. Ich solle mich bei Gebr. Willach bewerben. Das war ein metallverarbeitender Betrieb in Ruppichteroth, wo auch Manfred beschäftigt war. Damit die Sache auch ja nicht schief ging, fuhr mich Sportkamerad Manfred Hannes einige Tage später zum Termin, da ich zu diesem Zeitpunkt noch keinen Führerschein hatte. Herr Willach jun. hielt es für angebracht, mich ins Technische Büro zu stecken. Er hatte von Manfred Adolphs gehört, dass ich „gut den Adenauer zeichnen könnte". Man stellte mich ans Zeichenbrett und erklärte mir, was zu tun sei. Ich hatte angenehme, hilfsbereite Arbeitskollegen und konnte mich in kurzer Zeit in die Materie einarbeiten. So kam es, dass ich der Spvg. Rossenbach als hoffnungsvolles Fußballtalent erhalten blieb.

GEBR: WILLACH

Nach der Probezeit wurde ich bei Gebr. Willach fest angestellt. Mein Arbeitsfeld erweiterte sich über Werkstattzeichnungen hinaus auf Kundenzeichnungen und perspektivische Darstellungen. Da Herr Willach jun. mein „kreatives Potenzial" erkannte, fasste er den Entschluss, eine Hausdruckerei einzurichten, sodass wir unsere Kataloge, Prospekte usw. vom Entwurf bis zum Druck selbst erstellen konnten. Mein Gehalt stieg entsprechend und ich konnte mir ein Auto, einen „Käfer" zulegen. Mein Lebensunterhalt war auf absehbare Zeit gesichert.

Trotzdem fiel es mir nicht leicht, mich an die Zwänge des Büroalltags anzupassen. Anlässlich des Ruppichterother Dorffestes überzog ich eines Tages die Mittagspause um eine Stunde oder mehr. Als ich mich endlich vom Festtrubel gelöst hatte, beschloss ich nicht durchs Werkstor, sondern über den Zaun zu gehen. Dabei hat mich leider Herr Willach jun. beobachtet. Bei dem anschließenden Wortgefecht forderte er lautstark: „Verlassen sie sofort das Betriebsgelände!". Ich fuhr betrunken, wie ich war, nach Hause und verbrachte dort

einige Tage in dem befreienden Gefühl, der Arbeits-
mühle entkommen zu sein. Dann rief Herr Willach an
und wollte wissen, wo ich bliebe. Ich möge doch bitte
wieder zur Arbeit erscheinen. Seitdem waren wir zwar
nicht beste Freunde, aber er hat mich immer respektvoll
behandelt. Wir sind nie wieder aneinander geraten.
Obwohl mir die Eingliederung ins kapitalistische
Wirtschaftleben grundsätzlich schwerfiel, half mir die
Tatsache, dass ich die „kleine Firma" Gebr. Willach im
Konkurrenzkampf gegen die „grosse HUWIL"
unterstützen konnte.. Es verlieh dem ganzen einen
gewissen sportlichen Aspekt.

68er-BEWEGUNG

Zu dieser Zeit änderte sich das politische und
gesellschaftliche Umfeld. Nach der „Friedhofsruhe" der
Adenauer-Ära begann ein Umbruch, der zuerst die
Universitäten erfasste und sich dann im Regierungs-
wechsel und der Wahl von Willy Brandt zum Bun-
deskanzler niederschlug. Ich verfolgte natürlich interessiert und hoffnungsvoll die Diskussionen und
Debatten, hatte aber oft den Eindruck, dass vieles
blauäugig und elitären Standpunkten geschuldet war. Ich
hatte überdies den Eindruck, dass ich manches schon
durchdacht und als weltfremd verworfen hatte. Trotzdem
ließ ich mich durch die allgemeine Aufbruchstimmung
bewegen, einen Arbeitsstellenwechsel zu versuchen. Auf
eine Stellenanzeige hin bewarb ich mich bei einer

Kölner Werbeagentur. Aber ohne irgendwelche Zeugnisse und Titel war eine „Karriere" bei Gebr. Willach kein stichhaltiges Argument.

Durch die studentische Bewegung angeschoben, boten Zeitschriften und Verlage vielfältige neue Möglichkeiten der Information und Weiterbildung. Ich „verschlang" Freud, Reich, Marx, Engels, Lenin, Stalin, Trotzki, Mao Tse Tung...und verschmähte auch „Mein Kampf" nicht. Hauptkristallisationspunkt der politischen Auseinandersetzung war der Vietnamkrieg. Über meinem Bett hingen Plakate des Vietkong und Fehldrucke aus der Hausdruckerei der Firma Gebr. Willach.

FUSSBALL

Fußball war immer schon mein Lieblingssport und der Ausgleich zu Schule und Beruf, zu Grübeln, Zweifeln und Sinnieren. Unvergesslich ist mir die Erinnerung an die Weltmeisterschaft 1954, die ich zu Hause am Radio verfolgte. „Rahn müsste schießen ... Rahn schießt... Tooor, Tooor, Tooor!" Es war auch für mich eine Befreiung, ein unglaubliches Glücksgefühl, ein Rausch, der über den Bereich des Sports weit hinausging. Ich war 9 Jahre alt, aber ich trug mit an der Last, die der Krieg uns aufgeladen hatte. Nach diesem Spiel hielten alle den Kopf etwas höher.

In der schwierigen Zeit nach dem Schulabgang war Fußball ein wichtiges Bindeglied zu meinem Umfeld. An Karriere und beruflichem Aufstieg war ich nicht interessiert, aber Nachfolger des Rossenbacher Spieler-idols Hein Klein auf der Mittelläuferposition zu werden, das war für mich ein erstrebenswertes Ziel. Schon bald hatte Rossenbach die Chance, in die 1. Kreisklasse aufzusteigen. Vor dem entscheidenden Spiel bezog die Mannschaft ein Trainingslager mit Übernachtung in Vierbuchermühle. Trainer Heinz Knöppel „dopte" uns mit Traubenzucker und verhängte strengstes Alkohol-verbot. Unglücklicherweise bekam Walter Koch abends im Bett liegend fürchterliche Zahnschmerzen. Das ein-zige, was helfen konnte, war Schnaps. Zur Vorbeugung bediente sich die ganze Mannschaft aus der Flasche. Wir haben das Spiel gewonnen und sind aufgestiegen. Ich habe sogar dank „Zielwasser" einen Elfer verwandelt. Man nannte mich „Beckenbauer", ersatzweise „Sugar Baby". Laufen war nie meine Stärke. Ich nahm die „Abkürzungen". Ich wusste ja, wo der Gegner hin wollte. Als ich bei einem Trainingslauf durch die Nutscheid wieder einmal hinterherlief, ermahnte mich Trainer Arthur Becher, ich müsste mehr Wert auf meine läuferischen Qualitäten legen. Wie er mir später erzählte, war meine Antwort: „Arthur , ich will Fußball spielen, ich will doch keen Rennpeerd werden!" Diese Antwort hat ihn an der Sinnhaftigkeit seiner Trainertätigkeit arg zweifeln lassen.

Ich war nie ernsthaft verletzt und habe nie eine gelbe geschweige denn eine rote Karte bekommen. Ich war stolz, meinem Heimatverein und somit meiner engeren Umgebung helfen zu können, um sich gegen Vereine aus dem ganzen Kreisgebiet zu behaupten.

SSV HOMBURG-NÜMBRECHT

Das Glück und der Erfolg hielt in der 1. Kreisklasse nur zwei Jahre an. Dann gab's heftige Streitereien, die mich veranlassten, mit dem Vereinssport Schluss zu machen. Allerdings war ich dank guter Leistungen für andere Vereine interessant geworden. So ergab es sich, dass in der Sommerpause jeden Montagabend eine Abordnung des SSV Nümbrecht, der in die Bezirksklasse aufgestiegen war, vor der Haustür stand. Man versuchte Woche für Woche mich davon zu überzeugen, dass es mit 24 Jahren zu früh sei, mit dem Fußball aufzuhören und dass Nümbrecht für mich der richtige Verein wäre. Je näher die neue Saison rückte, desto wankelmütiger wurde ich. Eines Montags war mein Widerstand so weit gebrochen, dass sie mich von der Treppe zogen und ins Auto zwängten. Mein Einwand „Ich hab' doch nur Schluffen an!" wurde ignoriert. Wir fuhren nach Homburg-Bröl zu einer Kfz-Werkstatt mit Tankstelle. Sie schoben mich in die Werkstatt und Trainer Knöppel verkündete dem herbei eilenden Eigentümer stolz: „Hier ist er!" Der ging zwei mal um mich herum und sagte dann: „Ist in Ordnung!". Auf der Fahrt zum Geschäftsführer erfuhr ich dann: Monatlich DM 150,- und 1x frei tanken.

Nümbrecht startete gut in die Saison und ich war direkt integriert. Jeden Monat kam jemand und steckte mir das Geld zu. Ich sagte jedesmal : „Ich will kein Geld!", nahm es aber, um Aufsehen zu vermeiden. Schließlich besprach ich das Problem mit Torhüter Reinhold Baum.

Alle anderen Spieler waren aus Nümbrecht und ich befürchtete Krach in der Mannschaft, wenn bekannt würde, dass ich Geld bekam. Reinhold meinte nur: „Halt die Schnauze un nimm dat Jeld, dat versaufen mer dann!". Das erschien mir eine akzeptable Lösung zu sein. Leider kam kein Geld mehr. Ich hatte 1x zu oft gesagt: „Ich will kein Geld!" Tanken war ich auch nie bei meinem „Sponsor".

„KÄFER"

Nachdem ich im 2. Anlauf nach nur 2 ½ Fahrstunden meinen Führerschein bestanden hatte, übernahm ich den in die Jahre gekommenen VW-Käfer von Leo. Ihm folgten mehrere „Artgenossen". Wenn ich es mir leisten konnte, wurden sie colorado-gelb lackiert und bekamen lustige Stern-Radkappen. Meine diversen Käfer taten mir treue Dienste, obwohl ich sie teilweise über ihre Leistungsgrenze hinaus strapazierte. Nach Berlin-Reisen schafften sie es kaum noch in den heimatlichen Stall. Die Entscheidung, die Autobahn zu verlassen, erwies sich als fatal. Im Rothaargebirge erreichte ich an den Steigungen nur noch Schritttempo. So musste nach der Heimkehr jeweils ein Austauschmotor her.
Bei diesen Touren musste der Käfer auch schon mal als Nachtquartier herhalten. Nach einem Besuch von Goslar beschloss ich, auf einem abzweigenden Waldweg zu übernachten. Ich hatte kaum die Liegesitze in Stellung gebracht, als ein weiteres Fahrzeug einbog. Polizei. Man

belehrte mich, dass ich hier nicht bleiben könne... ist verboten...zu gefährlich...etc. Bei Durchsicht der Papiere stellte man fest, dass ich aus der Gegend von Gummersbach stammte. „Kennen sie Hansi Schmidt?" fragte der Polizist. „Natürlich, der beste Handballer der Welt und Gummersbach der beste Handballclub!" Nach einigen Fachsimpeleien konnte ich dann meine Vorbereitungen für die Nacht im Wald fortführen. Dank Hansi.

Nach einem Fußballspiel inklusive „Nachspiel" fuhr ich von Bladersbach nach Hause und stellte mein Auto in meiner „Naturgarage" mit leichtem Gefälle und Mulden für die Räder ab. Ich nahm meine Sporttasche vom Rücksitz und wollte abschließen, als ich bemerkte, dass der „Käfer" sich bewegte. Ich klammerte mich an die Regenablaufrinne und versuchte ihn zu stoppen. Vergeblich! Ich rutschte aus und konnte meinem Käfer nur noch hinterherschauen. Er rauschte über Kugelmeiers Wiese, wich geschickt den Obstbäumen aus, doch dann wurde ihm die Garageneinfahrt zum Verhängnis. Er bohrte sich mit der hinteren Stoßstange in das gegenüberliegende Beet. Als Kugelmeiers Leo um 6 Uhr zur Arbeit fahren wollte, staunten er und seine Frau Hedwig nicht schlecht. Meine Nachtruhe war daher auch früh beendet. Zwei „Leos" und ich befreiten den „Käfer" aus seiner misslichen Lage. Er spuckte mächtig Erde und Steingewächs, hatte aber keinen bleibenden Schaden davongetragen.

DORFFEST

Auf einem Dorffest in Berkenroth bildete eine mir unbekannte junge Frau die Hauptattraktion für die anwesende Männerwelt. Mir gefiel sie auch ausnehmend gut und ich beobachtete sie aus der Ferne, wie sie flirtete und mit einigen jungen Männern tanzte. Mit jedem Bier wurde sie schöner und... unnahbarer. Der Frühschoppen ging allmählich in einen Nachmittagsschoppen über und ich hatte mich immer noch nicht satt gesehen. Schließlich stellte sich bei mir eine gewisse Ermüdung ein und ich begab mich auf den Heimweg. Die Tatsache, dass es den ganzen Tag geregnet hatte und dass ich eine Abkürzung über eine abschüssige Wiese nahm, ergaben eine fatale Mischung. Ich rutschte mehrere Meter auf dem Hosenboden den Hang hinunter und der Versuch wieder aufzustehen war auch nicht gleich von Erfolg gekrönt. Ich erreichte endlich mein Auto und fuhr nach Hause. 200m vor Ziegenhardt bildete sich ein Stau. Die Polizei leitete den Verkehr einspurig an einer Unfallstelle vorbei. Ich wurde auch durchgewunken und da meine Eltern nicht zu Hause waren, gelangte ich unbehelligt ins Bett. Als ich nach einigen Stunden in die Küche trat, glaubten sie einen Marsmenschen vor sich zu haben. Ich hatte meine „Klamotten" angelassen und stand nun mit verdrecktem Gesicht und verklebten Haaren vor ihnen. Dies alles war mir eine weitere Warnung, mich dem weiblichen Geschlecht nur mit äußerster Vorsicht zu nähern, weil anscheinend allzu leicht die Sinne vernebelt wurden.

POLITIK

Die weltpolitische Lage hatte sich im Gegensatz zu meiner persönlichen Situation leider nicht entspannt. Der Vietnamkrieg tobte weiter, der Ost/West- Konflikt hielt an und in der Dritten Welt wechselten die Brandherde. In der Bundesrepublik setzte sich der wirtschaftliche Aufschwung fort. Ich hatte mich oft gefragt, warum die Versorgung der Bevölkerung im Krieg besser war als in den ersten Nachkriegsjahren. Was zunächst wie ein Widerspruch aussieht, wird erklärlich durch den gewaltsamen Transfer von Waren und Zwangsarbeitern aus den besetzten Gebieten. Die Methoden und Mechanismen schienen mir seit den Fünfzigern nun subtiler und weniger brachial geworden zu sein, sie zeitigten aber ähnliche Wirkung. Mir wurde klar, dass das Elend der Entwicklungsländer mit dem Wohlstand der Industriestaaten in ursächlichem Zusammenhang stand. Kriegerische Auseinandersetzungen und Machtkämpfe zwischen den Blöcken wurden zu Zeiten des Kalten Krieges und unter dem Damoklesschwert der Atomwaffen in den ärmsten Regionen der Welt ausgetragen. Ich versuchte nur selten, diese Gedankengänge anderen plausibel zu machen. Ich hatte den Eindruck, die meisten sahen es ähnlich, aussprechen mochte es aber kaum einer.
Durch das Vorbild der Studentenbewegung ergaben sich allerdings auch in Waldbröl für mich neue Möglichkeiten, meine Gedanken mit anderen auszutauschen. Ich schloss mich der örtlichen JUSO-Gruppe an. Hier

konnte man über alles diskutieren, auch wenn man sich selbst eher als Marxist denn als Sozialdemokrat betrachtete. Herausragende Ereignisse waren für mich zwei Berlin-Besuche. Ich sprach tagelang kaum ein Wort, saugte schweigend die „steingewordene Geschichte" in mich auf und beobachtete im West- und Ostteil wie in einem Brennglas die aktuellen Auswirkungen der weltpolitischen Lage.

„Über Gott und die Welt" unterhalten konnte ich mich mit Steckelbachs Bernhard. Während er den Kuhstall ausmistete, parodierten wir „Wortakrobaten" wie Lübke, Gerstenmaier und Adenauer. „Wenn Chrutchoff jlaupt, er könnte mich zum Molli machen, dann hat er sich jetäucht!" Bernhards Devise lautete:„ Wähle CDU, dann behältst du deine Kuh". Mit dieser Ansicht stand er nicht alleine da. Bernhard war die Hauptarbeitskraft auf dem Bauernhof seiner Eltern. Er wurde nie mit einer Frau gesehen, hatte hagere Arme wie Schraubstöcke und eine Hasenscharte. Eines Nachts ist er auf der Brölstraße von einem Auto überfahren worden.

DAS WEIBLICHE GESCHLECHT

Sportlich und beruflich hatten sich die Dinge bei mir zum Positiven gewendet. Mein Verhältnis zum weiblichen Geschlecht war nach wie vor zwar nicht von Abneigung aber von Reserviertheit geprägt. Von jeher hatte ich bei den Mädels einen Wesenszug bemerkt, der mich zur Vorsicht mahnte. Schon bei „Vater, Mutter,

Kind-Spielen" war mir aufgefallen, die Mädchen wollen versorgt sein. Am besten kam bei ihnen eine Mischung aus Angeberei und Unterwürfigkeit an, beides Talente, mit denen ich nicht gesegnet war.

Trotzdem hatte ich weibliche Wegbegleiter, die meinem Idealbild nahekamen. In der Volksschule Gisela wegen ihrer madonnenhaften Blässe. Auf dem Gymnasium Ulrike wegen ihrer unergründlichen, smaragdgrünen Augen. Zu beiden hielt ich gebührenden Abstand, wie zu allen anderen Altersgenossinnen in den folgenden Jahren.

Nach den gesellschaftlichen Umwälzungen Ende der sechziger Jahre stellte ich fest, dass die jüngere „Generation" eine veränderte Einstellung zu vielen Dingen des Lebens hatte. Die Einrichtung eines „Partyraums" im ehemaligen Vorratskeller und eine zeitweilige Mietwohnung in Waldbröl waren Anzeichen einer beginnenden Loslösung vom Elternhaus.

Aufgrund meiner verbesserten persönlichen Lage und meines fortgeschrittenen Alters geriet meine distanzierte Haltung zunehmend ins Wanken. Zum Einsturz kam sie, als ich Birgit traf.

Meine besorgte Frage:
„Ist dir nicht zu kalt?" läutete für mich eine neue Ära ein.
Schon bald musste ich mir Sorgen um Drei machen.

Aber das ist eine andere Geschichte.

NACHWORT

1969 saß ich wie ein Drittel der Menschheit vor dem Fernseher und bestaunte die erste Mondlandung.
SEHR AUFREGEND!
SEHR BEEINDRUCKEND!
SEHR VIELVERSPRECHEND!

Heute frage ich mich, welcher Trottel hat die „Baupläne" weggeworfen?

Passfoto 1957

Wohnhaus in den 50ern

Wohnhaus in den 60ern

„VERDICHTUNGEN"

HEIMAT

Land, durchtränkt
von ungeweinten Tränen
die sich in Bächen sammeln
die zum Rhein hinfließen
das ist
„mein" Bergisches Land.

EISEN

Ich war vier oder fünf
vor der alten Schmiede
beugte ich mich
über Schrott von Eisen
ein Schatten auf der Mauer
schreckte mich
hoch über mir
ein Soldat
mit Helm und Gewehr
ein Mann aus Eisen
das Bild brannte sich
mir ein
... doch
eine gleichmütige Sonne
schien weiter
auf mich
auf die Schmiede
den Soldaten
und auf Eisen.

FUSSBALL oder
„DAS WOLLTE ICH!"

Adenauer, Nato
Wirtschaftswunder...
die ganze Welt
war für mich leer
ungerecht und ignorant
Firlefanz
und lauter Plunder
deshalb schmiss ich
alles hin
Schule, Abi
Karrier'
ich weigerte mich
teilzuhaben
an dieser Gesellschaft
und ihren Gaben
ich suchte
nach einem besseren Land
das ich leider
nirgends fand
doch
fußballspielen
das wollte ich
Nachfolger werden von
Kleins Hein
das reizte mich
hier habe ich mich eingeordnet
hier habe ich „alles" gegeben
so bahnte der Fußball
so seltsam es klingt
für mich den Weg
zurück ins „Leben".

LEBENS - WANDEL

Ist es richtig
ist es wichtig
für die Umwelt
was zu tun?
Frösche „züchten"
Libellen „brüten"
Hecken, Igel
Kröten, Blüten
ja, es freut mich dieser Anblick
nützlich ist es obendrein
so wie es läuft
so soll es sein
… doch
wäre es nicht sehr vonnöten
den großen Dingen
sich zu stell'n?
gut und böse
schwarz und weiss
rigoros und radikal
müsst die Welt
verändert werden…
doch dann
troll ich mich
zum Mulchen
leg' ein Feuchtgebiet neu an
sinniere dann beim
Blumengießen
„Was willst du denn
sie dreht sich
… noch!"

RAHN MÜSSTE SCHIESSEN

„Rahn müsste schießen…
Tooor – Tooor – Toooor!"
das alte Sofa wurde zum Trampolin
das enge Wohnzimmer
zum „Circus Maximus"
lange ist's her...
solch rauschhafte Freude gedeiht nur
auf kargem Boden
und in dünner Luft
„aus - aus – aus
das Spiel ist aus!"
manchmal
wünsche ich mir
Rahn würde
noch einmal schießen
… noch einmal dieses Glücksgefühl
… noch einmal dieser Freudentaumel
… noch einmal
Rotz und Wasser jubeln…
Rahn müsste schießen!

DER STEIN

Ist der Stein ein Stein
weil er eben ein Stein ist
oder
ist dieser Stein
ein Stein, weil
ich ihn ansehe?
der Stein weiß es nicht
oder weiß er mehr als ich?

COMPUTER

Der Computer kann alles
außer
lieben und hassen
genießen und prassen
sich fürchten
sich freuen
sich sehnen
sich grämen
er kann nicht trauern
er kann nicht leiden
sollten wir ihn dafür bedauern
oder ist er etwa
zu beneiden?

KUNST – WESEN

Wozu
malen, zeichnen, dichten
wozu Gemälde
und Geschichten?
Wozu Kunst...?
Weil sie uns die Welt erklärt!?
Weil sie uns die Schönheit lehrt!?
...das Unrecht „schonungslos" bekriegt!?
... gar die Vergänglichkeit besiegt!?
Weil sie zudem ein Wesen ist
das sich nicht am Nutzen misst!?
Doch...
auch dies Wunderbare
wird - wenn's gefällt -
...zur Ware!

DER TRAUM

Sie stand seitlich vor mir
sie blickte auf ein grünes Tal
ihr Kleid war klar wie der Bach
und der blaue Himmel über ihr
ihr Haar war gelb wie die Sonne
sie wandte sich leise mir zu
seidige Haut umfing meine Hand
„Denk an die Drei…!"
rief jemand zum Heuboden hinauf
„Ja, ja!" keuchte sie atemlos
…
da entglitt sie mir
im Erwachen.

IM PARK

Auf dem Waldweg vor mir
wiegende Hüften
und lockende Schenkel
wer ist sie?
Wohin geht sie?
Sie ist mir vertraut
und fremd
das Kind nörgelt
mein Weg biegt ab ins Tal
Wolllust
tropft
von den Zweigen.

EICHEN

Es war einmal
ein Wald
aus Buchen und Eichen
am Rande einer kleinen Stadt
der Wald, er musste weichen
zwei Buchen liess man stehn
Kühe weideten lange Zeit
Kartoffeln wuchsen und Beeren
schließlich baute man Häuser her
ich pflanzte hier drei Birken
denn meine Zeit
reicht nicht
für Eichen.

TRENNUNG

Wie schwer wiegen die Jahre?
Wie schwer wiegen Freunde?
Wie schwer wiegt ein Kind?
Wie schwer wiegt Haus und Garten?
Wie schwer wiegt die Gewohnheit?
Wie schwer wiegt ererbte Pflicht?
Wie schwer wiegt Verlangen?
Wie leicht wiege ich!?

LEBENSLAUF

Wäre sein Leben ein Bach, ein Fluss
so wähnte er sich noch immer
im Bergischen
ungezählte Windungen, Täler
Teiche und Wehre
lägen noch vor ihm
auf dem Weg zum Rhein
jedoch
von dort
ist es nicht mehr weit
zum Meer
dort angekommen
sehnt' er sich zurück
zur Quelle.

„GEDANKENSPIELE"

MENSCH…...Homo sapiens!?

Wenn man Google und Wikipedia Glauben schenken darf, dann entwickelte sich Homo sapiens vor über 300.000 Jahren in Afrika als „Mosaikform" aus Homo erectus. Homo sapiens gehört zur Unterordnung der Trockennasenprimaten und darin zur Familie der Menschenaffen. Nächste Verwandte sind Schimpanse und Gorilla. Soweit in aller Kürze der heutige anthropologische Erkenntnisstand. Betrachtet man die Rahmenbedingungen seiner Existenz von den ersten Anfängen bis zum heutigen Tag, so stellt man fest, dass er wie jedes Ding und wie jedes Lebewesen gefangen und gebunden ist in den materiellen und physikalischen Bedingungen unseres Planeten, d. h. in Raum und Zeit, in Werden und Vergehen, in Leben und Tod. Ihn bedroht generell Mangel und Knappheit von Nahrung, allgemeinen Ressourcen und eine mehr oder weniger lebensfeindliche Umwelt. Je weiter man in seiner Entwicklungsgeschichte fortschreitet, gesellen sich zu natürlichen Unbilden mehr und mehr gesellschaftliche Konflikte und Auseinandersetzungen.

In seinen Anfängen war der Mensch ein Jäger und Sammler. Er sicherte sein Überleben, indem er die vorhandenen lokalen Nahrungsquellen nutzte, solange sie ergiebig waren und zog weiter, um neue , möglichst bessere Plätze aufzusuchen. Er unterschied sich von anderen Primaten durch eine grössere Intelligenz und Flexibilität, konnte dadurch auf widrige Verhältnisse und Entwicklungen besser reagieren. Im Prinzip lebte er in Einklang mit der Natur, in der Werden und Vergehen die Regel ist und das Dasein bestimmt. Insgesamt waren das allerdings unsichere und mühsehlige Umstände, die stets einen hohen Tribut forderten. Dank seiner Intelligenz versuchte der Mensch deshalb seit jeher diese Lebensbedingungen zu verbessern, was schliesslich dazu führte, dass sich vor ca. 15.000 Jahren in der Jungsteinzeit die ersten Formen von Ackerbau und Viehzucht entwickelten. Durch die Selektion von Saatgut und die Domestizierung von Haustieren gelang es, Feldarbeit undTransport zu erleichtern und die Ernährungslage durch stets verfügbare Lebensmittel zu verbessern. Die Aufgabe bzw. Überwindung des Nomadentums als Jäger und Sammler bedeutete den Beginn der Sesshaftigkeit. In der Folge bekommt der Besitz von Land und damit von Eigentum generell eine herausragende Bedeutung.

Von familiären Einheiten bis zu Stämmen und Völkern beginnt der Wettstreit bzw. Kampf um die besten Standorte und Territorien. Nach der Solidargemeinschaft der Jäger und Sammler, ohne Spezialisierung der einzelnen Mitglieder und damit ohne starkes hierarchisches Gefälle, entwickelte sich nun eine neue Gesellschaftsform, die durch erhöhte Konkurrenz gekennzeichnet war und deren Gefüge immer schnelleren Umwälzungen und Neuerungen unterworfen ist. Während in den frühen Zeiten die Abstände der Veränderungen relativ gross sind, beschleunigt sich der Prozess in neuerer Zeit in atemberaubendem Maße. Bedingt durch Kraft und Intelligenz, Geschick und Durchsetzungsvermögen der jeweiligen Personen und unterschiedliche natürliche Gegebenheiten bezüglich Fruchtbarkeit des Bodens, Verfügbarkeit von Wasser, Wetterbedingungen usw. entwickelte sich mehr und mehr ein hierarchisches Gefälle. Diese Ungleichheit führte zwangsläufig zu unterschiedlicher Anhäufung von Besitz, Macht und Einfluss. Daraus erwachsen einerseits kriegerische Auseinandersetzungen zwischen den rivalisierenden Gruppen, andererseits wird das jeweilige Machtzentrum zum Motor des Fortschritts, da es für Innovationen und Umwälzungen über die nötigen Ressourcen verfügt. Die ständige Rivalität und der Kampf um die Vorherrschaft impliziert tendenziell die Möglichkeit einer Verbesserung der gesellschaftlichen und individuellen Lebensbedingungen.

Nach etwa 300.000 Jahren, in denen die Menschheit auf der Stufe der Jäger und Sammler verharrte, ist vor ca. 12.000 Jahren in der Jungsteinzeit die

Sesshaftwerdung in Teilen des Vorderen Orients, Mittelamerikas und Südostasiens der grosse Entwicklungssprung, allerdings war dies ein sehr langwieriger Prozess mit vielen Rückschlägen und Misch- und Übergangsformen zwischen Nomadentum und Sesshaftigkeit. Dabei war die Entwicklung auf der afro-eurasischen Landplatte am dynamischsten, weil hier ein gegenseitiger Austausch von Waren und Informationen stattfand, während in Amerika und Australien die Zivilisationen relativ isoliert waren. Mit der Entdeckung und Verwendung von Metallen wie Kupfer, Bronze und Eisen erweiterten sich die technischen Möglichkeiten und vergrösserte sich das Tempo der Veränderungen, da jede Epoche auf den Erfahrungen der vorigen aufbauen konnte. Besonders bedeutend waren die Fortschritte auch für die Waffenproduktion. Wo Erze und entsprechendes Know-how zur Verfügung standen, bildete sich naturgemäss ein Machtzentrum aus. Die Sesshaftwerdung allgemein führte zur Arbeitsteilung und Spezialisierung. Die Folge war wachsende Ungleichheit, eine hierarchische Ordnung und Elitenbildung. Jede Epoche bildete die ihr adäquate Gesellschaftsordnung heraus, je nach den Gegebenheiten der wirtschaftlichen Prozesse und den ökonomischen Bedingungen für die materielle Reproduktion ihrer Mitglieder. Ungleichheit, soziales Gefälle, hierarchische Struktur und Abhängigkeit sind seither bestimmende Merkmale jeder Gesellschaftsform.

In den Eliten – ob angeführt durch Häuptling, Stammesfürst, König, Kaiser oder Kapitaleigner – konzentriert sich Reichtum und Macht der jeweiligen Epoche. Die zugehörige Gesellschaftsordnung wird legitimiert durch den Umstand, dass ihr System den jeweils effektivsten und fortschrittlichsten Stand im Bereich der wirtschaftlichen Reproduktion, d. h. der materiellen Versorgung und Erhaltung ihrer Mitglieder darstellt. Ist dies nicht der Fall, kommt es über kurz oder lang zum Umbruch. Wird die Ökonomie auf eine höhere Stufe gehoben, schafft sie in der Regel eine neue Hierarchie, eine neue Gesellschaftsordnung und eine neue Elite. Das geschieht nicht linear und nicht ohne Rückschläge und desaströse Auseinandersetzungen zwischen den Interessengruppen. Dabei führen neben kriegerischen Auseinandersetzungen auch natürliche Phänomene wie klimatische Veränderungen, verheerende Vulkanausbrüche und Meteoriteneinschläge zu dramatischen Rückschlägen und lokalen Unterschieden in der Entwicklung. Eine nennenswerte erkennbare Aufwärtsentwicklung vollzieht sich daher nur in einigen durch Klima, Vegetation, Erzvorkommen etc. privilegierten Regionen. Wohingegen wir in Gebieten, wo die widrigen natürlichen Gegebenheiten eine Entwicklung nicht zuliessen, noch heute Menschen auf dem zivilisatorischen Stand der Steinzeit vorfinden. Diese Diskrepanz erlangt in einer Zeit, wo Computer und Digitalisierung das Leben der entwickelten Nationen bestimmen, besondere Brisanz.

Angesichts der vielen Bedrohungen und Gefährdungen suchte der Mensch seit jeher Halt, Hilfe und Erklärungen bei einer göttlichen, überirdischen Instanz, die den Lauf der Dinge sinnhaft bestimmt und lenkt. Die drei monotheistischen Weltreligionen Christentum, Judentum und Islam speisen sich aus dem gleichen Fundus und bauen auf den gleichen Grundmythen auf. So steht die Vertreibung aus dem Paradies sinnbildlich für die Sesshaftwerdung. Der Mensch machte sich die Erde „untertan", er griff in den natürlichen Kreislauf ein. Er aß vom Baum der Erkenntnis. Der Mensch „spielte" Gott. Er ersetzte den Schöpfer Gott durch eigene Schöpfungen. Dadurch wurde das paradiesische Gleichgewicht zerstört. Es entstand Neid und Missgunst. Der Ackerbauer Kain erschlug seinen Bruder, den Hirten Abel. Dies kennzeichnet den konfliktreichen Übergang vom Nomadentum zur Sesshaftigkeit und den damit verbundenen aggressiven Verdrängungswettbewerb. Ein Beispiel für natürliche, katastrophale Ereignisse, bedingt durch Klimawechsel oder tektonische Verwerfungen, bildet die Sintflut, die regional Mensch und Tier bis auf kleine Reste vernichtete. Der Kampf zwischen David und Goliath steht für die Ungleichheit und Rivalität zwischen lokalen Stämmen, König Salomon für Anhäufung und Macht in einer Person. Das ganze Alte Testament ist ein Geschichtsbuch über die historische Entwicklung der Menschheit erzählt an Hand persönlicher Schicksale. Im Verlauf der Geschichte wird das Christentum die Religion der Kreuzzügler, der Conquistadoren, der Pilgerväter mit Gefolge, der

Kolonialisierung und des US-Imperialismus mit Westeuropa und als Nutzniesser.

Die Religion bzw, der Götterglaube liefert zudem das ethische Grundgerüst für Verhaltensmaßregeln mit Verboten, Geboten, Restriktionen und Strafen, um das Zusammenleben innerhalb der sich im Wettbewerb entwickelnden Gesellschaften zu regulieren Neben der Religion, dem Glauben an Gott oder Gottheiten und den zugehörigen Ritualen hat der Mensch stets über die Kunst versucht, dem Sinn seiner Existenz auf die Spur zu kommen. Die ersten Worte und Lieder sind unwiederbringlich verhallt,. Aber über 30.000 Jahre alte Höhlenmalereien zeigen bis heute, was dem Menschen das Wichtigste und Heiligste war. Damals war das Hauptmotiv die Jagd, der Grundpfeiler der Existenz. Es war eine Art Magie, eine Beschwörung des Jagdglücks und eine Ehrerbietung für die gejagte Kreatur. Alle weiteren Kulturen spiegeln in der Kunst die sozioökonomischen Bedingungen, indem sie den Geist der jeweiligen Epoche und die innewohnenden Machtstrukturen verkörpern. Die Kunst ist dabei in der Regel ein stabilisierender Faktor, weil sie sich bei Produktion und Absatz auf die bestehenden gesellschaftlichen Verhältnisse stützen muss. Die Auftraggeber – Kirche, Adel, Bürgertum usw. - bestimmen mehr oder weniger den thematischen, ideellen und finanziellen Rahmen, in dem sich die Kunst bewegen kann. Jede gesellschaftliche Ordnung erklärt und legitimiert sich auf Grundlage ihrer ökonomischen Reproduktion und den sich daraus ergebenden Abhängigkeiten und Machtverhältnissen. An diese Bedingungen ist auch die Kunst gebunden. In Zeiten des Umbruchs hat sie allerdings die Chance, zum Wegbereiter und Wegweiser in eine neue Zeit zu werden.

Wir leben auf einem Planeten, dessen kosmisches Umfeld wir mittlerweile recht genau erkundet haben. Der Planet Erde kreist um die Sonne und dreht sich um sich selbst. Diese Fakten sind unsere Lebensspender, sie erzeugen die Jahreszeiten und den Wechsel von Tag und Nacht. Unser Sonnensystem ist ein Teil der Milchstrasse, in der es ca. 300 Milliarden Sterne gibt. Die Milchstrasse ist Teil des Universums, in dem ca. 1 Billion Galaxien existieren. Die Bedeutung des menschlichen Daseins auf diesem verlorenen Planeten relativiert sich angesichts dieser Erkenntnisse.. Andererseits suchen wir stets nach einem Sinn, einem Ursprung , einem Ziel. Wieso können wir inmitten eines unendlichen, kalten, unbarmherzigen Materiemonsters, für das unsere Vorstellung kein Maß kennt, fühlen, lieben, leiden, bangen, hoffen und glauben? Vor diesem Hintergrund ist die uralte Vorstellung der Menschheit von lenkenden Göttern und einem Schöpfer und Erlöser nur zu verständlich. Im Widerspruch dazu scheint sich der moderne Mensch anzuschicken, sich selbst gottähnlich aufzuschwingen und neue Welten zu erobern und zu schaffen. Derweil versinken Teile dieser Erde, u.a. die „Wiege der

Menschheit" im Nahen Osten, im Chaos von Krieg, Vertreibung, Hunger und Elend. Dieser Planet ist durch das Wirken des Menschen zu einer Heimstatt der Exzesse, Paradoxien und Monstrositäten geworden.

Die Erde war bis heute eine Quelle nahezu unbegrenzter Ressourcen. Nachdem wir diese bedenkenlos plünderten, stossen wir erstmals in der Geschichte der Menschheit an die Grenzen der Belastbarkeit. Einen entscheidenden Einschnitt gab es vor ca. 500 Jahren durch die Entdeckung Amerikas, die Kolonialisierung grosser Erdteile und die drastische Ausweitung des Welthandels.

Im Zuge der industriellen Entwicklung und im Konkurrenzkampf der Mächte und Blöcke wurden und werden alle verfügbaren Ressourcen rücksichtslos dem „Fortschritt" bzw. den Machtansprüchen und dem Profitinteresse geopfert. Die Erde war schon immer klimatischen Schwankungen, Naturkatastrophen und kosmischen Ereignissen ausgeliefert. Es ist aber jetzt erstmals eine Situation eingetreten, in der der Mensch durch seine Aktivitäten in Form von Raubbau, giftigen, klimaschädlichen Emissionen und Verschmutzungen das Gleichgewicht nachhaltig destabilisiert. Zu befürchten ist, dass es hierdurch zu verstärkter Massenmigration und zu Konflikten in ungeahntem Ausmaß kommt. Die gegenwärtige Lage ist bereits geprägt von zunehmender Ungleichheit innerhalb der Bevölkerungsschichten der Industriestaaten, einem verschärften Handelskrieg zwischen den Wirtschaftsblöcken und von kompletter Ausrichtung der Waren- und Finanzströme zum Nutzen der entwickelten Industriemächte USA, EU, Russland, Japan, China und ihrer Mega-Konzerne, sowie auf der anderen Seite von Verelendung der unteren Schichten der Bevölkerung in Regionen, die als Rohstofflieferant und Billiglohnreserve dienen. Bekannt ist dieser Prozess als Globalisierung.

Zu allen Zeiten, angefangen bei den ersten dörflichen Gemeinschaften bis hin zu modernen Staaten mit ihren Megastädten, benötigt jede menschliche Gemeinschaft einen Verhaltenskodex, einen Moralkompass, dessen Einhaltung durch Erziehung und Strafandrohung unterstützt wird. Die Einzelheiten und die Bewertung von Recht und Unrecht werden stets bestimmt durch die Notwendigkeit, die gegebene Gesellschaftsform zu erhalten und zu legitimieren. Dabei treten zwangsläufig Ungleichheiten und Ungleichbehandlungen bei der Verteilung der Privilegien und Freiheiten einerseits und von Verpflichtungen und Belastungen andererseits auf. Dieses Differenzierungssystem ist nun heutzutage perfektioniert und je nach gesellschaftlicher Stellung äusserst vorteilhaft bzw. nachteilig. Dabei wird eine Gleichbehandlung vorgetäuscht und man beruft sich gerne auf die Demokratie in Griechenland. Leider war diese „Demokratie" eine streng hierarchisch gegliederte Gesellschaft. Das bedeutete: Personen aus einem bestimmten Stand war es gestattet, Personen aus dem

Adelsstand auszuwählen und mit der Regierung und Verwaltung zu betrauen. Die Sklaven, die den Hauptteil der Arbeit verrichteten und einen Grossteil der Bevölkerung ausmachten, waren ebensowenig wahlberechtigt wie die Frauen. Nur ca. 20% der Bevölkerung konnte am politischen Leben teilhaben. Heute sind wir zwar alle wahlberechtigt und können jeden wählen. In der Praxis allerdings nur die Personen, die nicht durch das Sieb von Geburt und Herkunft, Ausbildung, Lobbyismus und Parteiräson gefallen sind. Die politische Macht bleibt also in jedem Fall in einem eng begrenzten Zirkel. Erweitert wurde das Grundmodell der „Demokratie" in der Moderne durch die grössere Durchlässigkeit der sozialen Schichten. Allerdings in beiden Richtungen. Möglicher Aufstieg dient als Ansporn, möglicher Abstieg als Drohkulisse.

Angesichts der Begrenztheit der natürlichen Ressourcen auf diesem Planeten ist der Kampf um die Verteilung der zur Verfügung stehenden Mittel der Grundkonflikt der Menschheit. Verschärft wurde dieser Kampf erstmals entschscheidend bei der Sesshaftwerdung durch den persönlichen Besitz von Land. Die biblische Vertreibung aus dem „Paradies der Jäger und Sammler" kennzeichnet die Bewusstwerdung der Tatsache, dass der Mensch in die natürlichen Abläufe eingreift und die „gottgewollte Ordnung" zu seinen Gunsten verändert. Er nutzt seine Intelligenz, er isst vom „Baum der Erkenntnis". Es entsteht ein kollektives

Gefühl für Schuld und Sünde über individuelle Taten hinaus. Der Sündenfall ist eingetreten. Durch die Inbesitznahme von Land treten die Mitglieder der ursprünglich egalitären Gemeinschaft in Konkurrenz und Wettbewerb um die besten Böden und Rahmenbedingungen. Dieser Konflikt, dieser Kampf um den Zugang zu den besten Ressourcen zieht sich durch die gesamte Geschichte der Menschheit. Er hat sich durch die Sesshaftwerdung grundsätzlich verschärft und hat heute durch die industrielle Ausbeutung und die digitale Steuerung der Waren- und Finanzmärkte einen kritischen Punkt erreicht. Das System Mensch und seine Welt ist im Kern bedroht.

Ein weiteres Problem, das sich durch alle Epochen hinzieht, ist die Kluft zwischen Elite und Volksmasse und damit die ungleiche Verteilung von Macht, Einfluss und Besitz von materiellen Gütern und Privilegien. Neid, Missgunst, Betrug und Gewaltanwendung sind daher ständige Begleiter des Alltags beim Versuch, diese Ungleichheit wettzumachen bzw. zu vergrössern. Hieraus folgende Handlungen werden gelenkt vom menschlichen Selbsterhaltungstrieb und von Egoismus, was letztlich zur Vereinzelung der Gesellschaft führt. Während diese Betonung des Eigennutzes in den Eliten eine Grundvoraussetzung ist, um ihre Stellung halten zu können, hat sich stets im unteren Teil der Gesellschaften ein mehr oder weniger grosser Rest an Solidarität und Gemeinsinn erhalten, was in Krisenzeiten zur Gefahr für die bestehende Ordnung werden und Umbrüche beschleunigen kann. Dieser Bodensatz an Unzufriedenen und Benachteiligten stellt in jedem Gesellschaftssystem eine potentielle Bedrohung dar. Die Elite hat daher ein grundsätzliches Interesse an der Zersplitterung und Vereinzelung dieser Bevölkerungsgruppen. Im Zeitalter der publizistischen und digitalen Medien sowie des ungezügelten globalen Warenverkehrs und Konsums stehen hierfür bestens ausgestattete und höchst effiziente Mittel zur Verfügung.

Die Entwicklung der Menschheit, im zeitlichen Verhältnis zur Entstehung des Lebens auf der Erde, bewegt sich in einem winzig kleinen Zeitfenster. Aus der „Ursuppe" entstanden vor ca. 3,5 Milliarden Jahren die ersten Bausteine des Lebens wie Wasser und Sauerstoff. Einzeller und Mikroorganismen waren die Vorläufer für die ersten komplexeren Lebewesen wie Schwämme und Nesseltiere. Schliesslich beherrschten die Saurier über 160 Millionen Jahre diesen Planeten, bis katastrophale Umweltveränderungen, u.a. verursacht durch einen Meteoriteneinschlag, ihre Spezies vernichtete. Geht die Entwicklung der menschlichen Zivilisation in dem vorhersehbaren Tempo weiter, ist eine langfristige Fortsetzung ohne Änderung der Handlungsprämissen kaum vorstellbar. Wir stossen an die Begrenztheit der Ressourcen dieses Planeten. Es ist zu befürchten, dass unter dem Diktat der herrschenden globalen Wirtschaftsform die Einsicht in die Notwendigkeit des

Umdenkens und Umlenkens nicht aufgebracht werden kann. Diese Gesellschafts- und Wirtschaftsform kennt nur ein dominantes, alles beherrschendes Prinzip: Gewinnmaximierung, Wachstum und Profit. Dem ist alles unterzuordnen. Im Zuge der Verknappung der Ressourcen nimmt dabei die Härte der Auseinandersetzungen zwischen den beteiligten globalen „Playern" zu. Auch innerhalb der Wirtschaftsblöcke verstärken sich die nationalistischen Tendenzen.

Die Gesellschaft der Jäger und Sammler war aufgebaut nach dem Prinzip der Selbstversorgung. Mit der Sesshaftigkeit begann die Differenzierung der handwerklichen Berufe, die Arbeitsteilung und in einem begrenzten Umfeld der Tauschhandel. Die ersten Zahlungsmittel waren u.a. Muscheln und Salz. König Krösus bescherte im 6. Jahrhundert v. Chr. der antiken Welt das Münzwesen. Alexander der Grosse baute das System aus und verbreitete es im ganzen Imperium. Im 13. Jahrhundert n. Chr. entstanden in Mailand und Florenz die ersten Bankhäuser mit Geldverleih und Darlehen, was die Wirtschaft ankurbelte und den Austausch über weite Entfernungen vereinfachte. Negative Begleiterscheinungen wie Zinswucher, Ablasshandel und Bankrotte ließen nicht lange auf sich warten. Im 17. Jahrhundert platzte in Amsterdam die erste Spekulationsblase, ausgelöst durch das „Tulpenfieber" der Niederländer. Auf dem Höhepunkt wurden 3 Tulpenzwiebel für ein Haus gezahlt. Im 19.

Jahrhundert wurde das Papiergeld eingeführt, was den Banken neue internationale Wirkungs- und Einflussmöglichkeiten eröffnete. Es ergab sich nun auch für einen erweiterten Kreis der Bevölkerung eine neue Gelegenheit, zu Reichtum zu kommen, indem man an der Börse spekulierte und Staatsanleihen erwarb. Bis dahin wurde Reichtum fast nur durch Geburt vererbt. Wie maßgebend die Banken auch für staatliche Entscheidungen wurden, belegt ein Rothschild-Zitat aus dem 18. Jahrhundert: „ Es gibt keinen Krieg, wir werden ihn nicht finanzieren!" Es war wohl kein Profit zu erzielen.

Die Materialien, die in den verschiedenen Epochen für Arbeitsgeräte zur Verfügung standen, wurden natürlich auch als Jagdwaffen und bei privaten und kriegerischen Auseinandersetzungen eingesetzt. Mit jeder Verbesserung des Materials und seiner Verarbeitung erhöhte sich damit die Effizienz und Durchschlagskraft der Waffen. Dabei galt es auch mehr und mehr Taktik und Strategie der Kriegsführung zu optimieren. Es entstand die sogenannte „Kriegskunst". Ein biblisches Beispiel hierfür ist David, der den Riesen Goliath mit Hilfe seiner Steinschleuder ausser Gefecht setzte. Das bedeutete, dass trotz körperlicher (zahlenmässiger) Unterlegenheit, durch gezielten Einsatz der geeigneten Waffen ein überlegen wirkender Gegner besiegt werden kann. Jede technische Neuerung und Erfindung diente sowohl zivilen wie auch militärischen

Zwecken. Der Endpunkt dieser Entwicklung ist die Nutzung der Atomkraft, deren Zerstörungspotential so gewaltig ist, dass sie das Leben auf der Erde auslöschen kann. Ein bedeutendes Problem war stets die Rechtfertigung für Gewalteinsatz. Im Falle der Verteidigung gilt es als legitim, sich zur Wehr zu setzen. Angriffskriege werden dagegen oft mit religiösen oder rassistischen, völkischen Motiven begründet. Letzten Endes versteckt sich aber hinter jeder kriegerischen Auseinandersetzung der Kampf um territoriale und wirtschaftliche Vormachtstellung. Nach 2 verheerenden Weltkriegen und der industriellen Vernichtung von 6 Millionen Juden, Sinti und Roma im 20. Jahrhundert werden heute regional begrenzte Stellvertreterkriege in strategisch wichtigen Ländern geführt bzw. ethnische Säuberungen mit Waffenlieferungen unterstützt. Das alle Vorstellungskraft übersteigende Vernichtungspotential der Atombombe hat uns bisher vor dem finalen „Crash" bewahrt.

Während in früheren Zeiten bis ins 19. Jahrhundert der Wissensstand einer Gemeinschaft von Generation zu Generation durch Anleitung der Familie, der Sippe oder der „Ältesten" weitergereicht wurde, hat sich der moderne Staat dieser Aufgabe bemächtigt. Dabei spiegelt er in der Gliederung der Schulsysteme in Haupt-, Mittel- und Hochschulen das Gefälle und die Arbeitsteilung der Gesellschaft selbst und deckt damit den Bedarf an neuen Kräften für die verschiedenen

Bereiche. Um das Potential an Intelligenz und Kreativität möglichst effizient auszuschöpfen, ist die Zugehörigkeit nicht allein durch Geburt und Herkunft vorgegeben, sondern bei entsprechender Qualifikation und Anpassung durchlässig. Das Erziehungs- und Bildungssystem reproduziert und verfestigt damit die bestehende pyramidale Gesellschaft und die profitorientierte Wirtschaftsform. Alle Versuche, wie die Pariser Kommune und die Sowjet-Union, die Gesellschaft nach solidarischen Gesichtspunkten umzugestalten, sind auf Grund innerer Widersprüche und äusserer militärischer und ideologischer Widerstände komplett gescheitert. Bezeichnend ist, dass diese Versuche nur in Situationen unternommen werden konnten, in denen die bestehende Ordnung sich in Auflösung befand und den Nährboden für Umbrüche in einer fortschrittlichen oder reaktionären Richtung bildeten.

Alle Versuche, das Prinzip des Eigennutzes und der Elitenbildung durch das Prinzip des Gemeinnutzes und der Aufhebung der Klassen zu ersetzen, sind wie erwähnt gescheitert. Im Wesen des Menschen, in seinen Genen ist der 300.000 - jährige Kampf ums Dasein , erdgeschichtlich eine sehr kurze Zeit, gespeichert und dies prägt sein Denken und Handeln. Den eigenen Interessen, dem persönlichen Streben nach Glück und Erfolg sind allerdings die gesellschaftschaftlichen Ansprüche des Stammes, in neuerer Zeit des Staates

oder eines Staatenbundes übergeordnet.Das legitimiert sich aus der Erfahrung, dass gemeinschaftliches, organisiertes Handeln Vorteile bringt und die Überlebenschancen steigert. Die einzelnen Gruppen und Völker standen aber immer in Konkurrenz zueinander, wodurch sich kriegerische Entwicklungen und Gewaltexzesse zwangsläufig ergaben. Heute sind wir an einem Punkt angekommen. wo sich die Frage stellt, kann der Mensch trotz seiner uralten Prägung eine Änderung seiner Prinzipien, seiner Denk- und Handlungsweise vollziehen, indem er Verantwortung für die Gesamtheit dieses Planeten übernimmt und dessen Fortbestand als Heimstatt für die Menschheit gewährt. Das Prinzip „Wachstum zum Vorteil Weniger" stösst an seine Grenzen. Es muss ersetzt werden durch das Prinzip „Verwaltung der Ressourcen zum Wohle Aller".
Um eine längerfristige Entwicklung zu gewährleisten, müsste sich die Menschheit in dieser Richtung bewegen. Es ist zu befürchten, dass dies heftigste Kämpfe und Auseinandersetzungen zur Folge haben wird, bzw. andererseits nur durch katastrophale Entwicklungen erst ausgelöst werden kann.

Die modernen Naturwissenschaften haben unseren Planeten und die Galaxien weitgehend erforscht. Relativitäts- und Quantentheorie sind elementarsten Teilchen und Phänomenen auf der Spur. Doch eine Frage bleibt, die sie nicht beantworten können:

Woher stammt der Funke, der die Glut des Lebens auf diesem Planeten entfachte!?

KUNST – ÖKONOMIE – ZEITGEIST

MALEREI, das ist seit Anbeginn der Menschheit der Versuch, ein Abbild der uns umgebenden Welt zu schaffen. Sie ist jeweils der visuelle Ausdruck der uns bewegenden Themen. Sie war stets geprägt und abhängig von den aktuell zur Verfügung stehenden technischen und materiellen Mitteln sowie den gesellschaftlichen, hierarchischen Strukturen. Die Höhlenkunst der Jäger und Sammler sieht naturgemäß anders aus als die entwickelte Kunst der Antike, , die der Renaissance anders als die des Industriezeitalters. Die Kunst hatte jeweils grundlegend unterschiedliche materielle Ressourcen zur Verfügung und wegen unterschiedlicher Gesellschaftsordnungen andere Anforderungen zu erfüllen. Jede Epoche gebiert ihre eigene Ausdrucksweise, abhängig vom Zeitgeist und ihrer ökonomischen Entwicklungsstufe. In der Regel unterstützt und repräsentiert die Kunst die Ideologie der jeweiligen Gesellschaftsform und die Interessen der herrschenden Gesellschaftsschicht. Machtverlagerungen und Umbrüche spiegeln sich ebenso in der Kunst bzw. diese können sich hier ankündigen. In jedem Fall braucht die Kunst materielle Unterstützung und ideelle Bestätigung durch wichtige Teile der Gesellschaft.

DIE MALEREI hatte lange Zeit das Privileg, die uns umgebende Welt bildlich darzustellen und zu interpretieren. Das änderte sich dramatisch mit der Erfindung der Fotografie im 19.Jahrhundert. Durch die Entwicklung der digitalen Medien ist sie vom Zeitaufwand und von der Präzision her diesen hoffnungslos unterlegen. Der Malerei blieb der subjektive Blick auf die Dinge und unter, hinter die Oberfläche. Sie entwickelte zahlreiche neue Möglichkeiten, die Welt zu interpretieren, bis hin zur Abstraktion, der „Gegenstandslosen Malerei".

WENDEN WIR UNS nach diesen allgemeinen Betrachtungen meinen persönlichen Erfahrungen und der Situation nach dem 2. Weltkrieg zu. 1945 geboren, wuchs ich im beginnenden Wirtschaftswunder auf. Mein Vater war Busfahrer und baute 1947 auf einem geerbten Grundstück eine Arbeitsdienstbaracke zu unserem Wohnhaus um. (Fotos siehe Seite 73/74)
In der örtlichen Volksschule fiel früh mein Zeichentalent auf. Auf dem Gymnasium trat eine gegenteilige Entwicklung ein. Meine „Werke" wurden durchweg mäßig bewertet. Unter anderem wegen dieser Ignoranz und Missachtung verliess ich 1 Jahr vor dem Abitur das Gymnasium. Meine Sicht- und Denkweise passte augenscheinlich nicht in die dominierende Weltsicht, die bestimmt war von Westorientierung, Wirtschaftswachstum, Warenkonsum und striktem Antikommunismus.

ALSO SUCHTE ICH selbst meinen eigenen Weg ins Leben und zur Kunst. Ich befasste mich intensiv mit der Geschichte der Malerei und der Bildenden Kunst allgemein. Den größten und nachhaltigsten Eindruck hinterließen die Renaissance mit ihrem Dreigestirn Da Vinci, Michelangelo und Raphael, sowie die Klassische Moderne. Von den Nachkriegsvertretern imponierten mir am meisten Sam Francis und Ernst Wilhelm Nay. Meine Neigung zur bildlichen Darstellung nutzte ich beruflich auf dem Gebiet der Gebrauchsgrafik, der Kataloggestaltung und Werbung. Von 1979 bis 1984 arbeitete ich freiberuflich. Ich „machte", was der Computer noch nicht konnte. Aber das verschob sich rapide zu meinen Ungunsten, sodass ich wieder als Angestellter arbeitete. Darüberhinaus schuf ich Cartoons, die von BULLS Pressedienst vermarktet wurden. Ansonsten bestimmte das Familienleben mit Frau und Kind den Tagesablauf. Das Kunstschaffen dieser Zeit vor dem Hintergrund des „Kalten Krieges", von Warenkonsum und Fortschrittsgläubigkeit fand seine typische Ausprägung in der Pop-Art, die mich wenig beeindruckte.

Nach meiner Scheidung verschoben sich die Prioritäten in meinem Leben. 1997 entschloss ich mich, die Malerei zum Mittelpunkt meines Feierabends, des Wochenendes und meines Urlaubs zu machen.

DIE ÄUSSEREN GEGEBENHEITEN

wie Wohnungssituation, Einkommen etc. bedingten, den materiellen Aufwand und den Platzbedarf in jeder Hinsicht so gering wie möglich zu halten. Das betraf die Produktion als auch die Hängung bei den potentiellen Abnehmern. Daraus folgte: Der Malgrund musste Papier sein (max. 70x50cm), das Malmittel Acrylfarbe und Pastellkreide. Acrylfarbe ist eine Emulsion aus Öl und Wasser. Das bedeutet, im nassen Zustand ist sie wasserlöslich, getrocknet ist sie wasserfest. Ausserdem ist sie geruchsneutral. Nach einer Experimentierphase war mir klar, dass Pinsel und Palette als Werkzeuge ihre Bedeutung eingebüsst hatten. Ich „malte" die Bildidee direkt aus den Acrylflaschen aufs Papier. Den dabei meist entstehenden Farbüberschuss nutzte ich, um einen oder mehrere seitenverkehrte Abklatsche zu erstellen. Da bei diesem Verfahren die einzelnen Exemplare mit abnehmender Farbmenge variieren, nenne ich sie VARIOTYPIEN.

Eine weitere Möglichkeit der Differenzierung besteht darin, die Blätter im nassen Zustand mit Dachlatten abzuziehen. Auf jeder Stufe dieser Vorgehensweise besteht die Gelegenheit, ein weiteres Mittel einzusetzen: Abduschen mit heissem Wasser. Da Acrylfarbe im nassen Zustand wasserlöslich und im getrockneten wasserfest ist, gilt es den Zeitpunkt zu bestimmen, wann der Trocknungsprozess abgebrochen wird. Die noch feuchten Farbteile werden weggeschwemmt und es bleiben nur die bereits getrockneten und die ins Papier eingedrungenen Farbpigmente.

So prägt neben dem spontanen und schnellen Farbauftrag aus den Farbflaschen, der Zufall und das Wirken der Elemente Luft und Wasser, sowie die Zeit die Ergebnisse dieser Arbeitsweise.

„Die Kunst geht nach Brot!"

Auch die Kunst und damit der Künstler ist gebunden an die materiellen und ideellen Gegebenheiten sowohl auf seiner Seite als auch auf Seiten der potenziellen Auftraggeber bzw. Abnehmer. Letzten Endes entscheiden also neben dem unabdingbaren Talent, die persönlichen und gesellschaftlichen Rahmenbedingungen und Abhängigkeiten über Akzeptanz, Wertschätzung und Erfolg.

Künstler und Rezensent sind den Bedingungen der jeweiligen Epoche unterworfen. Das bedeutet heute, der Kunstmarkt wird diktiert von den profitorientierten Grundprinzipien der globalisierten Warenwelt.

Sprache der „Freiheit"

Die Sprache ist das wichtigste zwischenmenschliche Kommunikationsmittel. Sie ist geprägt und geformt wie jede menschliche Aktivität durch die jeweiligen gesellschaftlichen, politischen und soziologischen Gegebenheiten und Herrschaftsverhältnisse.
Ein markantes Beispiel hierfür ist die Verwendung der Begriffe „Arbeitgeber", „Arbeitnehmer". Wer gibt die Arbeit? Wer nimmt die Arbeit? Hier lässt sich die Hierarchie und ihre Auswirkung auf die Sprachregelung eindeutig erkennen. Ein weiteres prägnantes Beispiel ist die Redewendung „krankfeiern". Beides bezeichnenderweise Begriffe aus der Arbeitswelt, der Grundlage jeder Gesellschaft.
Einer der zwiespältigsten, schwammigsten und am meisten missbrauchten Begriffe ist das Wort „Freiheit". Freiheit wovon? Freiheit für wen? Freiheit, um was zu tun? Im Selbstverständnis der westlichen Welt bedeutet Freiheit letzten Endes den Vorrang des Individuums vor dem Kollektiv. Das Streben nach persönlichem Glück, sprich Reichtum und materieller Sicherheit gilt als Lebensziel. Im Zeichen der Globalisierung betrachtet man dabei den ganzen Globus als Aktionsfeld und die bestehenden Kräfteverhältnisse als natürlich, gerecht und „gottgegeben". Dabei wurde die westliche Vormachtstellung seit Columbus und Vasco da Gama mit „Feuer und Schwert" unter Missachtung der Rechte der Bewohner der okkupierten Erdteile gewaltsam erstritten.

Nach wie vor benutzen wir diese Länder und Erdteile als billige Rohstofflieferanten, Low-Cost-Produktionsstätten und Absatzmärkte für überschüssige Produkte. Jeder Versuch, diese Verhältnisse zu verändern, wird als Angriff auf „freien" Welthandel und „westliche Werte" betrachtet, diskriminiert und bekämpft. Die Vormachtstellung, auf der unser Wohlstand und unsere „Freiheit" beruht, wird mit allen Mitteln verteidigt und verfestigt.

So entpuppt sich der Begriff „Freiheit" als das Recht der Profiteure innerhalb der entwickelten Industriestaaten, die Welt weiterhin als Dispositions- und Spekulationsobjekt zum eigenen Nutzen und Vorteil zu betrachten und zu missbrauchen. Man nimmt sich weiterhin die „Freiheit", diesen Planeten zu plündern. Dabei wird alles und jedes zur Ware. Was keinen Warenwert darstellt, hat in dieser „Welt" keinen Platz und keinerlei Daseinsberechtigung. Die wichtigste Voraussetzung für den Fortbestand dieser Verhältnisse ist Wachstum. „Leider" wächst die Erde nicht mit. Wir stossen an ihr Limit und damit an die Grenzen dieser Wirtschaftsform.

Die Aufgabe, mit den Ressourcen unserer Erde verantwortungsvoll und nachhaltig umzugehen, wird sich unter dem Regiment der Profitwirtschaft nicht verwirklichen lassen. Hier wird der Eigennutz im Zweifel immer die Oberhand behalten. Ob es der Menschheit gelingt, das Zusammenleben und die Ökonomie auf eine neue Basis zu stellen, wird sich dann entscheiden, wenn die kapitalistische Wirtschaftsform auf Grund innerer Widersprüche und äusserer Widerstände, bedingt durch Verknappung der Ressourcen und hierdurch allgemein verschärfter Konkurrenz, ihre Dominanz und Effizienz einbüßt und damit tendenziell ihre Anziehungskraft verliert. Bei diesem Prozess wird den Gesellschaften der bisher benachteiligten Länder in Asien, Afrika und Südamerika mit ihrem gewaltigen Bevölkerungspotenzial besondere Bedeutung zukommen.

Über 500 Jahre hat Europa einschliesslich Russland und der Ableger USA, als Zentrum der Entwicklung und stärkste wirtschaftliche Macht, die Regeln bestimmt. Die Menschheit hat dabei in relativ kurzer Zeit einen nie dagewesenen zivilisatorischen und technologischen Fortschritt erzielt. Das Streben nach persönlichem Erfolg und materiellem Besitz war hierbei der entscheidende Motor und Antrieb. Diese Ära neigt sich nun dem Ende zu. Das System der Expansion und der profiorientierten Exploitation stösst an seine natürlichen Grenzen. Das Zusammenleben der Völker und die Prinzipien der Ökonomie werden auf eine neue Basis gestellt werden müssen. Dabei muss auch der Begriff der Freiheit als wichtiges menschliches Gut neu definiert und mit neuem Inhalt erfüllt werden.

30.7.2019
Gestern war „Welterschöpfungstag".
Ab heute verbrauchen wir für den Rest des Jahres die Vorräte, die für unsere Nachfahren „bestimmt waren".

Warenwelt

Die Erde
ist eine Ware
ihr Wert bemisst sich
in Euro und Dollar
die vier Elemente
Erde, Wasser, Luft und Feuer
sind Ware
sind Euro und Dollar
Wälder, Pflanzen und Tiere
sind Ware
sind Euro und Dollar
Menschen sind Ware
sind Euro und Dollar
das LEBEN
wird Ware
wird Euro und Dollar
…
und Yuan...

BILDBÄNDE

Bildband: Blumen Stillleben

© 2017 by Norbert Burghardt
Herstellung und Verlag:
BoD – Books on Demand, Norderstedt
ISBN 9 783743 180468

113

Bildband: Landschaft
© 2017 by Norbert Burghardt
Herstellung und Verlag:
BoD – Books on Demand, Norderstedt
ISBN 9 783743 149519

Bildband: Abstrakt bis Akt
Herstellung und Verlag:
BoD – Books on Demand, Norderstedt
ISBN 9 783743 112483

117

Bildband: Texturen Abstrakte Landschaften

© 2017 by Norbert Burghardt
Herstellung und Verlag:
BoD – Books on Demand, Norderstedt
ISBN 9 783743 190825

Bildband: Variotypien
© 2019 by Norbert Burghardt
Herstellung und Verlag:
BoD – Books on Demand, Norderstedt
ISBN 9 783746 076676

121

Bildband: Cartoons aus den 8zigern

© 2018 by Norbert Burghardt
Herstellung und Verlag:
BoD – Books on Demand, Norderstedt
ISBN 9 783752 838640

» DAS LETZTE GEFECHT «

ANHANG

Familienchronik

Dank der intensiven Nachforschungen meines Vetters Dr. Franz Josef Burghardt – schriftlich niedergelegt in „Kölner Genealogische Bätter"mit dem Titel „Chronik der Burghardt zu Ziegenhardt" - , lässt sich die Geschichte der Familie bis ins 17. Jahrhundert zurückverfolgen.

Hier in Kürze einige wichtige Daten:
1677 wurde Hans Heinrich Burghardt in Hohenkirchen bei Kassel geboren. Er heiratete 1714 in Morsbach Anna Durst. 1781 heiratete Wilhelm Christian Burghardt Anna Maria Schenck, deren Familie die Mehlmühle in Ziegenhardt betrieb. Die weitverzweigte Familie besaß in der Folge in Ziegenhardt die Mühle, die 1939 abgerissen wurde, das Wirtshaus, eine Schmiede, mehrere Bauernhöfe und einen Kram- und Lebensmittelladen. Die männlichen Mitglieder der Familie waren bis ins 20. Jahrhundert überwiegend Handwerker und „Ackermänner".

Eine Ausnahme bildete Wilhelm Christian Burghardt, geboren 1824 in Ziegenhardt. Er war Landvermesser, Schriftsteller und Dichter.

Zeitweise erschienen seine Werke unter Pseudonym, da er Anhänger der Revolutionsbewegung von 1848/1849 war.